VOYAGE À VENISE

Ce printems, le ciel était si frais, la verdure si engageante, que, contrairement à nos habitudes, nous fîmes autour de notre lac une petite excursion d'extra. Gardez-vous, pères de famille, de faire des excursions d'extra, et bien plutôt continuez de tourner invariablement dans le cercle sagement ordonné des habitudes acquises. Au lieu d'éprouver de cette excursion-là, quelque rassasiement, nous en revînmes affamés d'expéditions et plus grandes, et plus lointaines, et plus mémorables: plusieurs se sentaient des démangeaisons touristiques à se gratter toute la journée; d'autres éprouvaient comme une sorte de bercement séducteur, signifiant lagunes et gondoles. Monter lui-même, au lieu de dire à Télémaque: "Le naufrage et la mort sont moins funestes que le café Florian et les guitarres de la place St Marc" consultait des itinéraires, s'achetait des cartes, et cherchait à s'enseigner à lui-même au travers de quels monts et de quels vaux on peut acheminer aussi directement que possible une vingtaine de Télémaques sur les délices du café Florian.

La chose du reste n'était pas facile. En effet, aller à Venise par le Simplon, et en revenir par le Splügen, c'était se condamner à parcourir deux fois, dans toute sa longueur, cette plaine lombarde qui sépare les murs de Bergame des lagunes de l'Adriatique; et d'autre part, commencer par mettre derrière soi une grande partie de la Suisse, pour de là entrer dans la Valteline, escalader le Stelvio, et descendre à Venise par les pentes du Tyrol, la vallée de l'Adige et les gorges de la Brenta, c'était s'engager dans une entreprise colossale pour nos jambes, colossale pour nos modiques vacances, colossale surtout pour une Bourse commune ladre et récalcitrante. C'est pourtant à ce dernier parti que Mr Töpffer s'arrêta. Le voyage à Venise fut définitivement résolu, l'itinéraire fixé, la Bourse commune mise à la raison, et en attendant le grand jour du départ, les démangeaisons, les bercements, les rêves dorés, les ardeurs impatientes venaient marier leur charme aux douceurs chaque jour plus amères de l'étude. Toutefois, en face d'une entreprise aussi aventureuse, Mr Töpffer avait ses rêves aussi, pas toujours dorés, et il s'excitait à trouver sage et prudent un projet que le moindre accident survenu en route aurait fait juger mal réfléchi et téméraire. Mais quel est le jour, quelle est l'heure de sa vie, où un instituteur ne court pas cette chance-là, et plus que cette chance-là! S'il répond des membres et des vies de ses élèves, il répond aussi de leurs habitudes, de leurs principes, de leur moralité, et s'il faut pourtant bien, sous peine de n'accomplir pas sa tâche, qu'il risque pour eux le contact des livres, du monde, du siècle et de son atmosphère malsaine, comment ne risquerait-il pas pour eux avec bien moins d'inquiétude encore, l'approche des glaces, le voisinage des précipices, le danger des intempéries, la maladresse des cochers, ou encore la chance d'être lancé bouilli aux nuages, multipliée par les trois cent cinquante tubes bouillants d'une machine à basse ou à haute pression, n'importe!

Au surplus, qu'on ne s'abuse pas sur le danger de ces excursions, et surtout, que des craintes exagérées n'aillent pas détourner qui que ce soit de procurer à ses enfans ou à ses élèves un genre de plaisir, ou, pour dire mieux encore, un genre d'exercice si précieux et pour leur corps et pour leur esprit! Sans doute, pour qui n'a pas encore l'expérience de ces expéditions, il ne faut pas débuter par un voyage à Venise: et nous-mêmes, nous ne confierions pas sans une défiante sollicitude vingt têtes légères à un imberbe étourdi, sous le prétexte qu'il faut à ces jeunes voyageurs un chef jeune aussi, fort, libre de toute chaîne, et exempt de toute infirmité. Avant de nous lancer, et par exception encore, dans des contrées relativement si lointaines, nous nous sommes essayés par vingt, par trente fois, sur de plus courtes distances, mais c'est pourtant par des degrés bien vite franchis que nous sommes arrivés, dès longtemps à nous mettre en campagne sans éprouver aucune des appréhensions et des craintes que l'on pourrait supposer. Ici, comme dans les autres circonstances de la vie, cette pensée — à la garde de Dieu — fait la sécurité de l'esprit et le courage du cœur; elle inspire je ne sais quelle pacifique confiance qui est déjà à elle seule une cause de s'y bien prendre parce qu'elle est un tempérament contre l'inquiétude qui rend gauche, ou contre la présomption qui rend téméraire. Ce sont les vies de ces enfants, ce sont les choses précieuses et chères, celles dont la perte est irréparable, que l'on place ainsi sous cette auguste protection, non pas, certes, en ce sens qu'elle soit tenue de les préserver exceptionnellement et à toujours, non pas à la façon de ce mortel de la fable qui brisait l'idole qu'il s'était faite quand elle n'avait pas accompli son vœu, mais en ce sens seul raisonnable, seul légitime et consolateur, que des dispensations, quelles qu'elles puissent être, sont acceptées d'avance ou avec gratitude, ou avec résignation. Pour tout le reste c'est à l'humaine prudence; c'est au bon sens, c'est à l'intention bonne et vigilante d'y pourvoir, et pour cela; quand on est soi-même au milieu de son monde, les grands yeux ouverts, mesurant des fatigues que l'on partage, et partageant des dangers que l'on mesure; à chaque quart d'heure suffit sa peine. Et en effet, les choses ainsi réglées, l'on va son petit bon homme de train le plus tranquillement, le plus heureusement du monde, sans souci de bien qui n'est plus de demain qui n'est pas encore; babillant, regardant, marchant, croquant des raisins, buvant aux sources, et trouvant que c'est, ma foi, un bien joli métier que celui de Mentor en goguettes, en voyage, voulais-je dire.

Il n'y a qu'une ombre à ce tableau; et cette ombre chaque année elle en recouvre un peu davantage la lumière jadis si resplendissante et si pure. La barbe de Mentor s'allonge; elle blanchit; il entrevoit avec une sorte de surprise qui est elle-même surprenante chez un homme si expérimenté et si sage; que ces charmants plaisirs auront un jour et un déclin et un terme; que, bien avant que le cœur soit rassasié d'émotions et de joies, le corps devenu infirme et morose refusera de lui servir de camarade officieux et dévoué; que les siens eux-mêmes, devenus importuns, jetteront sur le soir de ses ans comme un crêpe de tristesse — Des voitures, dites-vous, des calèches mollement suspendues éloigneront ce funeste moment...... Hélas! autant vaut dire au vieillard qui perd ses dents, la vue, l'ouïe: "Un ratelier, des besicles, le cornet, et tu seras jeune, et que te manquera-t-il?" Non, arrière ces mensonges; et bien plutôt sachons prévoir d'avance, pour les accepter ensuite de bonne grâce; l'automne au sortir de l'été, et l'hiver au sortir de l'automne. Voilà pourquoi cher lecteur, nous traçons et nous retraçons ces lignes d'ingrate prévision; et il s'y contracter l'accoutumance anticipée de ce déclin déjà commencé; et de ce terme déjà entrevu. Ainsi parla Mentor, et le jeune Télémaque n'y comprit rien du tout.

Une chose pourtant demeure, et il faut la consigner ici, car ce n'est pas inutile à dire; et cette honorable pudeur de la reconnaissance; qui porte à ne pas céler la part de biens que l'on a reçus; nous presse d'ailleurs de faire ce charmant aveu; quelque personnel qu'il nous soit. Les philosophes, chez tous ou autres, les sages eux-mêmes, Mentor aussi, avancent en cent rencontres qu'il n'est point sur cette terre, je ne dis pas de vies, mais de moments dans la vie, où l'homme goûte une félicité parfaite. La main sur la conscience, et devant Dieu qui sait la vérité, nous déclarons, en ce qui nous concerne cette assertion-là parfaitement fausse; sans prétendre d'ailleurs contester, encore moins nier, aucune des amertumes, aucun des maux dont la vie des hommes est également mais infailliblement semée. Oui, nous avons connu, non pas des moments, non pas des heures, mais des journées entières d'une félicité parfaite, senties, d'une vivante et savoureuse joie, sans mélange de regrets, de désirs, de mais, de si; et aussi, sans l'aide d'un vœu comblé; sans le secours de la vanité satisfaite; et ces moments, ces heures, ces journées, c'est en voyage, dans les montagnes, et le plus souvent un lourd havresac sur le dos, que nous les avons rencontrées; non pas sans surprise, puisqu'enfin nous nous piquons d'être philosophe, chrétien; Mentor autant qu'un autre; mais avec une gratitude émue qui bien sincèrement n'y gâtait rien. A la vérité nous ne portions, outre nos sacs, point de crêpe au chapeau, point de deuil dans l'ame; mais d'ailleurs notre passé était laborieux; notre avenir tout entier dans l'espoir et dans le travail; notre condition, la même que celle de la plupart des hommes.... et cependant, je ne sais quoi de pur, d'élevé, de joyeux nous visitait, attiré; il faut le croire, par la marche, par la contemplation, par la fête de l'ame, par le réjouissance des sens, et retenu, nous le supposons, par l'absence momentanée de tous ces soins, ces intérêts ou ces misères, qui au sein des villes et dans le cours ordinaire de la vie occupent le cœur sans le remplir. Ainsi donc, philosophes, réformez votre doctrine dans ce qu'elle peut avoir de trop chagrin. Assez de maux nous restèrent, si vous nous laissez l'espoir de quelques félicités parfaites, bien que passagères; et, au lieu de vous borner trop exclusivement à dresser l'homme pour le malheur, occupez-vous aussi un peu de lui enseigner tout ce qu'il peut conquérir de vraies joies au moyen d'un cœur sain et de deux bonnes jambes, c'est-à-dire, en marchant en toutes choses à la conquête du plaisir, au lieu de l'acheter tout fait, ou de l'attendre endormi.

Mais il est tems de nous mettre en route. Ce sont ici trente six journées, lecteur, qui s'ouvrent devant vous, et non plus vingt-quatre, vingt-cinq. C'est beaucoup, c'est trop, mais s'il est bien vrai que nous n'avons pas le tems d'être bref, nous n'aurons guère davantage celui d'être long. A l'œuvre donc, et vous, mes chers compagnons de voyage, entourez-moi, venez, en aide à ma mémoire, dans la crainte que j'aille omettre quelqu'une des grandes choses que nous avons faites!

C'est le mardi 11 Août que nous nous embarquions sur l'Aigle, crainte des batelliers. Nous ne ferons pas comme Homère le catalogue des navires, mais s'il vous plaît, un petit catalogue des personnes.

Cette toute bonne grosse dame, toute reluisante de santé et d'embonpoint, que M. Töpffer porte évanouie sur le pont, c'est la Bourse commune. Bons traitemens, propos moelleux, séduisans tableaux de joie et d'allégresse; rien ne peut adoucir son humeur, ni charmer ses appréhentions. Toujours elle semble dire avec Dom Douceau:

" Quant à moi qui ne suis bon
" qu'à manger, ma mort est certaine".

L'autre dame, c'est Madame Töpffer. Dans les délibérations M. Töpffer est toujours pour une gondole de plus, pour un repas d'extra; pour un plaisir en sus. La Bourse commune est l'ame par...

Vient ensuite M. Moynier, l'ami commun du maître et des disciples. Il se propose de tâter d'une de ces excursions pédestres, pour savoir au juste quel en est bien le goût, et il n'aura pas tenu à lui que ce goût ne soit excellent, tout au moins pour ses camarades. En effet, M. Moynier a le propos aimable, l'allure gaie; l'entrain à commandement, sans compter, dans son arrière poche, d'innumérables drôleries, souverains pour charmer les tristesses d'un jour pluvieux. Il vit bien avec son sac, moins bien avec son bâton; et l'on s'afflige à Dezenzano de les voir se quitter pour toujours sans larmes de part ni d'autre. Mons. Moynier régale souvent la troupe; il lui offre le café après dîner; c'est pourquoi la Bourse commune au-rait du penchant pour lui qui ne peut pas la souffrir.

Plus loin, ces deux touristes d'une haut de taille, l'autre qui ne voyage jamais à l'ail my se sont deux anciens élèves qui ont rejoint. P. Duseigneur déjà décrit dans les précédentes relations, et le Plantier d'Ce lais près d'Anduze. De ce dernier on jurerait à l'entendre parler de sa ville natale, que c'est un Genevois parlant de Genève, tant il lui trouve de charmes et de beautés incomprises. Par malheur il lui échappe une téméraire sortie contre nos fruits qui sont acides et contre nos huiles qui ne sont pas d'olive! Voilà la guerre, et de l'huile sur le feu. Relancé de toutes parts, Plantier riposte, réplique, tient tête à tous et à chacun, et c'est beaucoup s'il lui reste du temps pour manger, du temps pour s'évanouir, du temps pour noter ses impressions sur un carnet, du temps pour faire remettre un verre à ses lunettes, et du temps encore pour déchiffrer ensuite toutes les inscriptions qui se présentent. Élastique, vif, prompt, il se tire pourtant de tout et de quelque chose encore, se réservant pour parler faible d'oublier le nom des endroits où il passe, et d'estropier en revanche celui des lieux où il séjourne. Seul de la troupe, Plantier jouit d'un imperméable, ou plutôt toute la troupe jouit de l'imperméable de Plantier. On y enveloppe tout ce qui a froid, on y plie tout ce qui est malingre, on en revêt tout ce qui ne peut pas entrer dans le manteau de Mr. Töpffer, moins imperméable sans doute, mais banal aussi, comme tout ce qui appartient à chacun d'entre nous. La vie de voyage, les intérêts de l'ambulante colonie le veulent ainsi, et ce n'est pas ce qu'ils veulent de moins bon. L'excellent Robinson, tout seul dans son île, ne pouvait qu'apprendre à se tirer d'affaire par lui-même, plus heureuse encore, une caravane d'enfants, jetée au milieu de contrées étrangères, loin de toutes les commodités, de tous les secours et de toutes les ressources de la maison paternelle ou du toit de la pension, ne peut qu'apprendre le charmant secret de se tirer d'affaire les uns par les autres, et se former à cette générosité secourable et franche, qui n'est pas extraordinairement commune, mais qui est en revanche si aimable et si digne d'estime, qu'elle marche là toute première après le grave cortège des vertus.

Et pour le dire en passant, à considérer l'effrayant développement de ce prévenant confort qui va au-devant de tous les désirs, de toutes les fantaisies de quiconque peut le payer, et qui, en semant de toutes parts la mollesse, la torpeur, l'égoisme, tend à remplacer partout le plaisir par un insipide bien-être, il est sage, Instituteurs, parents, pères de familles, de saisir au vol toutes les occasions d'un combattre chez les jeunes hommes l'influence délétère. Or, les voyages à pied, même avec leurs risques et périls, même sans Mentor, mais entre Télémaques choisis, forts de santé et légers d'argent, sont bien certainement l'un des plus efficaces moyens de rendre par quelques-uns de ses côtés l'éducation mâle, saine et vivifiante. Quelles directrices, quelles exhortations pédagogiques pourraient valoir, dites-le moi, ce contrat non mentionné avec la nécessité en personne, avec la réalité sa sœur, et avec le monde son cousin? Quelles leçons pourraient remplacer cette libre action de jeunes têtes se mesurant avec des obstacles dont personne n'a préalablement adouci les rudesses ni arrondi les angles, ou cette obligation de s'entr'aider qui naissant d'un besoin, son père véritable, bientôt s'anoblit, s'épure, et se transforme en contentement et en plaisir? Ainsi, favorisez, croyez-m'en, ces excursions auxquelles nos cantons ouvrent un champ d'ailleurs si beau, et que, plus vivement encore qu'aujourd'hui, les caravanes d'adolescens se croisent sur les cimes de nos montagnes, ou, arrivés le soir au même gîte, s'y partagent joyeusement les gratitudes d'une modeste hôtellerie. Je sais un père, c'est l'un vos écrivains les plus populaires de la Suisse allemande, qui bien plus hardi que vous, que moi, nous n'osons l'être, chassant paternellement de la maison pour deux semaines, pour trois semaines des jeunes garçons en leur disant "Holà, voyez-vous, avec cela vous vivrez à vous trois vingt jours, vous visiterez tels endroits, vous ne ferez pas le mal, tout le reste vous regarde. Embrassez-moi, et bon voyage!" Certes, pour oser faire ainsi, il fallait avoir su cultiver déjà dans ces jeunes d'enfans le germe vigoureux d'une moralité virile, mais pour n'oser le faire, il ne faut aussi qu'avoir laissé ce germe se rabougrir, et le caractère s'étioler à l'ombre d'une direction que se croit habile parce qu'elle est pointilleuse, et sage parce qu'elle n'affronte rien. De retournons à nos moutons.

Voici venir justement l'agneau du troupeau, un petit bonisécule de onze ans, sorte d'enfant de troupe qui rencontre son grand frère dans chacun des soldats du régiment. Il s'appelle Léonidas, on lui fait passer de fameuses Thermopyles. Tantôt il joue et s'émeille à l'avant garde; tantôt il s'attarde, et alors quelque grand frère le soulage de son sac, plus souvent il éclate de rire ou bien s'endort assis, debout, couché, en zigzag, ou en quinconce.

Tout ce sac ou cochers matelas ou couchette.

Du reste Léonidas poursuit les papillons, guette les sauterelles, agace les grenouilles, fait des ricochets dans les flaques, et c'est ainsi qu'il observe les mœurs et les institutions, toutes les fois qu'il ne dort pas.

Bérard, les deux frères Auguste et Adolphe Morin, Fairbairn, Marat, Popdam, Dodys, Spitzenberg, Cazaly, Mr. Töpffer, forment une phalange de vieux troupiers, déjà connus par nos précédentes relatives. Bérard, Popdam, il n'y a pas longtemps encore conscrits haraîss et bénins, sont devenus des marcheurs de la vieille gardes, les frères Morin, Cazaly, Spitzenberg, Soultzer, Maecet, de tout leur vieille garde, soutiennent l'honneur du corps; ce dernier, sujet à semer en route ses hardes et fournimens, n'y a soin plus que son chapeau. Enfin Mr. Töpffer, vétéran, garçon, drapeau, aumônier, frater, général et empereur, le tout en petite tenue: blouse grise et lunettes noires. Le Pème seulement, des sous-pieds pour marquer sa dignité, et un chapeau blanc, comme les marinières, pour se couvrir la tête.

Baumgartner, industologue de la troupe, qui soutire toutes les pierres et dérangétions des solvants. En quelqu'endroit qu'il marche ou qu'il se repose, dit, vingt pourvoyeurs officieux l'appellent, à propos d'une mouche qui vole ou d'un grillon qui fait sa promenade. De cette façon Baumgartner ne va jamais droit devant lui; il oblique, il recule, il disparaît, reparaît, tourne en spirale ou décrit en asymptotes, et on ne sait encore à savoir comment cet itinéraire lui l'a conduit à Venise, où, à peine débarqué, il s'achète une tortue. Cette tortue est si petite, si douce, si intéressante, en ceci surtout qu'elle ne mange rien, soit de tristesse, soit faute d'alimens convenables, que chacun s'en mêle; la caresse, s'informe de sa santé et prétend qu'à table comme dans les haltes on la laisse errer en toute liberté sur la nappe ou sur le gazon. On découvre un beau jour qu'elle boit, puis qu'elle se baigne, puis qu'elle mange, mais seulement des alimens qui flottent dans l'eau. Grande joie. Aujourd'hui cette tortue est en pension chez Mr Töpffer, instituteur à Genève, où elle jouit d'un air salubre, d'une nourriture saine et abondante, et d'eau à discrétion.

Chauvet Michel et Chauvet Marc, qui voyagent pour la première fois avec nous, et qui s'ornent des mœurs. Seul de la troupe, Michel jouit d'un paletot de route dit quelque francs, dans la doublure, qui lui donne l'air d'un fashionable agrégé. Ce paletot qui était né pour la vie civile, ainsi soumis aux vicissitudes de la vie nomade, passe par toutes les nuances successives d'une décoloration palissante et bigarrée, et de bai, devient pie. Mais, tant qu'a forme l'emporte sur la couleur, il conserve, gracié de sa coupe, un air de distinction, et conquiert des hommages jusque dans son arrière vieillesse. Chauvet Michel note, court, se simple et précédé par grands pas; tandis que Chauvet Marc procède pas pas inégaux et discrets, regarde son chemin, blanchit au soleil, et sent des faims à ronger sac et courroies.

Midard, tiniste silencieux, excepté lorsqu'il latrine, avec un pas d'avant gardes, tient le centre ou ferme la marche. Benoître et Sac vétérigent tantôt sur le front tantôt sur les ailes. Ils sont gris de costumes, blonds de cheveux, tirant sur le scandinave clair. Ils quittent les noyers, regardent aux prunes, et d'ordre supérieur se contentent de soupirer en passant sous les treilles, ou en côtoyant les ceps.

Enfin David, Majordome, qui soigne nos intérêts matériels, part en courrier, nous trouve des chambres, des lits, des vivres, même là où il n'y en a point, et s'emeu à débattre les prix avec les hôtes madrés du Tyrol et de la Lombardie. Sans lui, la Bourse commune serait morte à l'heure qu'il est, au lieu qu'elle n'est que plate comme une jonquille sortant d'un herbier.

Ces vingt trois voyageurs viennent se mêler aux autres passagers de l'Aigle. Le ciel est souriant, le lac tranquille, l'air calme   Tout dort. ... et les vents et Neptune.
n'était cette vapeur qui ne dort pas, ce piston qui bondit, cette chaudière qui menace, et certaine rivalité entre bateaux qui menace aussi. Voici comment on en vint. L'histoire. Il y avait une fois deux bateaux et un troisième qui gagnaient entre eux trois, juste de quoi en faire prospérer un seul, lorsque survient un quatrième
                    Et voilà la guerre allumée
guerre d'affiches, guerre de journaux, guerre de vitesse. C'est cette dernière seulement qui donne des transes aux passagers.

Il y a beaucoup de monde sur l'Aigle: quelques Genevois, des français, des anglais, et aussi un Monsieur qui lit à haute voix les saintes Écritures, au murmure des conversations, au bruit de la manœuvre, et aux éclats de rire des passagers qui dans cet instant

7

regardent comment on s'y prend pour hisser, d'un petit bateau dans un grand, une énorme dame affairée. C'est une opération laborieuse, pour laquelle il faut trois vigoureux gaillards qu'aucun scrupule n'empêche de saisir le ballot par le bout qui se présente, ou de rendre la tête et les deux bras contre le côté qui penche, moyennant quoi tout vient à point et la marchandise arrive à bord sans s'en être mêlé. Ce qu'on nous hisse aussi se trouve être une sorte d'odalisque mulâtresse, coiffée d'un long foulard pointu, chargée de bagues et colliers, et que dit la bonne aventure. Quant au Monsieur, il lit toujours. Cette gratuité destination choque les uns, fait sourire les autres, et trancherons presque un acte de pitié en un acte de scandale.

Ce Monsieur nous fait songer à un usage qui s'est introduit depuis quelques années dans quelques auberges de la Suisse; c'est celui d'y placer des Bibles dans les chambres, dans les salons, et jusque dans la salle à manger. Et ce donc paraît que celui qui pratique la lecture des saints Livres ne s'aura pas s'adresser à l'hôte pour qu'il lui en confie un exemplaire; ou bien est-ce dans l'espoir que la parole viendra fortuitement se lever dans le cœur de ces voyageurs qui passent affairés, qui se couchent en tumulte, ou qui disent joyeusement à cette longue table chargée de mets et de bouteilles. Ni l'un ni l'autre de ces motifs ne nous paraît raisonnable, quand, d'autre part, nous ne voyons jamais sans un sentiment pénible, la bible honteusement confondue avec de vulgaires ustensiles, n'être plus qu'un meuble d'hôtellerie; or, de tous, le plus délaissé. En effet, sans parler des indifférents, et se rencontre beaucoup d'hommes pieux qui estiment qu'il y a un temps pour tout, et pour le recueillement aussi; que même en voyage, le moment le plus particulièrement mal choisi pour se livrer à une lecture efficace et respectueuse, c'est celui qu'on passe à l'auberge, au milieu du bruit, du tumulte, du plaisir, des préoccupations d'arrivée et des soins de départ.

Rolle, Morges, Ouchy, nous envoient des cargaisons de passagers. Soumis que nous sommes, pour des considérations financières, à une diète absolue sur le bateau, nous n'avons rien de mieux à faire que de contempler philosophiquement ces coques flottantes, surchargées de gens silencieux et préoccupés, que mènent du bout de la rame deux manants distraits. De tout loin ces manants agacent de leurs joyeusetés les nautoniers de l'aigle, tandis que, de tout près, ils manquent le corps qui ait trop par un bourgeois, offensé une nourrice et jette bas trois valises. S'enfonçant dans la coque, et l'on s'y empresse ardemment de faire place aux victimes qui doivent regagner la rive. Alors l'aigle reprend son vol, la coque surprise par le sillage du bateau, danse comme en pleine tempête, et les manants avec elle. C'est que tout à coup il leur revient à l'esprit une kyrielle de commissions qu'ils ont oublié de faire: — "Ohé! ... La clé de la malle a resté chez Rannoy, manque pas de la réclamer! — Tu poses les raisins chez Duschoud, le panier est à Jean-Marie, et le linge à la Louise! — Ohé! Ohé! Dis à Pierre qu'il ne voulons pas garder sa jument, elle a la morve! — Et Joseph, qu'ils ne pouvions pas achever les toitures faute de tuiles!... Il s'en manque de deux chars!... Ohé! Ohé!... à l'anglais que sa valise... Le reste qui se perd dans les airs servira pour l'ordinaire des jours suivants, tout et tant qu'à la fin cet anglais saura où est sa valise, et dans quelle ville il doit se rendre pour changer de linge.

Vers trois heures, nous débarquons heureusement à Villeneuve et tout aussitôt nous nous acheminons sur l'aigle. Ces plages de Noville et de Chessel ne nous semblent ni aussi belles ni aussi aimables que lorsque nous les visitâmes au printemps. Ce n'est pas leur faute, c'est la nôtre. Au printemps, elles formaient comme l'avenue fleurie de notre courte promenade, nous nous y prélassions avec délices, nous les quittions avec regret. Aujourd'hui, elles nous apparaissent comme le seuil d'où nous nous élançons vers de lointaines et plus brillantes contrées, en sorte que nous les franchissons hâtivement, l'œil distrait, l'espoir sur l'avenir, et plutôt région que charmés par le ravissant spectacle de ces ormes gentilles, de ces bois, de ces feuillages jaunes, qu'empourpre le soleil du soir.

Dès la première heure, et surtout dès celle-là, les débutants ne peuvent assez dire combien un bateau à vapeur est chose légère, commode, agréable même presque. Mais dès la seconde heure, ils traitent d'autres sujets, et, par exemple, ils se plaisent à établir qu'Aigle n'est pas éloigné. Ils se trompent, Aigle est toujours alors qu'on

nous le paraît, ce qui revient absolument au même. En effet pour tout piéton, une lieue en vaut deux; si la route est rectiligne, si le mur supprime toute distraction des yeux, ou bien encore, si le chemin lui est déjà aussi familier que. Ah vous dirai-je maman. C'est ici le cas. À la fin pourtant, voici le pont d'Aigle, les peupliers d'Aigle, la Croix blanche d'Aigle, où nous sommes parfaitement accueillis par un hôte solennel et un sommelier chevelu. Mais Fairbairn nous que! Aussitôt l'on court à sa recherche. Fairbairn est retrouvé sous un noyer. Il est triste, attendri même, parce qu'il ne se sent pas bien, et que ses jambes qui doivent le porter à Bevieu, refusaient tout à l'heure de le porter jusqu'à Aigle. On le console, on l'égaie, on le met entre les, sa santé s'améliore à vue d'œil, et tout va à merveille; n'était le garçon chevelu qui, sous la direction de l'hôte solennel, asperge nos blouses de vermicelle. C'est très contrariant pour des particuliers à peu près mis, dépourvus de linge et de hardes, que cet anglais qui attend des nouvelles de sa valise.

Une fois hébergés, plusieurs des voyageurs sortent de leur poche un carnet, et de leur contre-poche un crayon, aux fins de prendre note de leurs impressions, c'est le mot consacré aujourd'hui. L'habitude est bonne; bien des loisirs autrement inutiles, acquièrent ainsi du prix; on outre ce commun pourtant tout, rassemble, et fait par fois d'un jour de pluie qui vous retient à l'auberge, un jour extrêmement précieux pour s'enrichir de renseignements et combler son arriéré. Quant à ces impressions, elles se composent volontiers du nom des endroits, de la note des distances, et d'autres événements pareils, mais qu'importe? On commence par là, on finit par autre chose, à mesure que l'on observe d'avantage, que l'on sent un peu plus, et que le crayon, à force de s'y essayer, trouve plus de mots pour dire et plus de tours pour exprimer. En attendant le naturel se conserve, ce qui vaut, à soi tout seul, la peine d'attendre.

Sur ces entrefaites, un orage éclate; la foudre gronde aux quatre coins du tems. Si nous étions des anciens, ces auspices nous feraient reprendre sagement le chemin de la classe; mais nous sommes des modernes, témoin Planta, qui, revêtu de son imperméable, part à dix heures du soir pour aller mettre une lettre à la poste. Bottes, imperméables, cristolines, recouvrant, naïf, cristolis, toutes choses inconnues à Caton l'ancien et à Pline le jeune aussi. (vue ci-dessus, l'entrée du pont d'Aigle).

Il a tonné toute la nuit, et ce grand matin il pleut encore, mais le ciel, fatigué de colère, semble disposé à sourire. À peine levé, Cézary écrit ses imprécations, qu'elle! On ne sait pas. Remise et de ceux qui les écrivent d'avance! Il affirme que non. À ce propos, nous nous rappelons qu'un de nos touristes s'il y a quelques années, pour être plus libre de tout soin durant la route, partant de Genève des lettres toutes écrites, datées, ployées, fermées, cadastrées; il ne lui restait plus qu'à les jeter en passant sans huboité. Dans chacune il se portait bien, tout le monde aussi, nouvelles excellentes. Il faut être, non pas imprudent, non pas étourdi, mais seulement bien fraîchement né, pour jouer ainsi avec l'avenir, cet Ixès louches, qu'à l'homme faut ne caresse que parce qu'il s'en défie.

Il s'agit aujourd'hui de traverser de la vallée du Rhône dans celle du Simmenthal, par le passage des Ormonds. Jusqu'à deux lieues d'Aigle la route, nouvellement établie, est praticable aux voitures. On monte, on s'élève de zigzag en zigzag, sur le flanc d'un roc escarpé, et après beaucoup de détours on aboutit au Sepey. Deux mois sont et un cabaret qui est l'auberge. Ce doit être désappointant pour les voitures. La commune d'Aigle, qui a fait cet ouvrage, se trouverait-elle dans la situation de ce seigneur romain qui, ruiné par l'escalier, ne put suffire au palais? Il faut croire que non. Toutefois, maintenant que l'on a substitué au casse cou de Châtel St Denis, une route excellente qui conduit de Vevey à Bulle, et par là dans le Simmenthal, nous craignons qu'il ne soit devenu superflu d'en percer une aux Ormonds, et qu'ainsi ce bout de chemin n'ait pas de suite.

Nous entrons dans le cabaret pour y déjeuner. Les vivres y sont rares, le service triste, et les maîtres disgracieux. On dirait que nous ou pouvons mais de ce que leur route s'arrête là. Les prix même sont disgracieux au Sepey, mais l'hôtesse nous en donne la raison. "Ne paie-t-on pas, dit-elle, nous coûte neuf louis d'immédiation à la commune? Croyez-vous donc que c'est rien, une immédiation de nonante neuf louis?" C'est donc l'immédiation que nous payons, et non pas le déjeuner, comme nous étions d'abord portés à nous l'imaginer.

Au delà du Sepey, il n'y a plus que des sentiers qui s'entrecroisent, sans compter un brouillamini d'Ormonds dessus et d'Ormonds dessous. En conséquence nous prenons l'hôtesse de nous fournir un guide. Elle nous fournit son fils, jeune homme d'une grande espérance, mais qui nous demande par l'organe de sa mère un prix qui vient d'une ne lieue l'immédiation. On lui offre trois francs pour venir nous mettre sur le revers de la montagne. Le drôle ne veut pas de nos trois francs, et voilà que nous partons sans trop savoir pour quel Ormond. Par bonheur un gros homme qui d'une chambre haute nous regarde passer, se met en devoir de nous tirer d'embarras, lorsque lui-même vient à s'embarrasser dans sa fenêtre trop étroite et y demeure pincé par la panse, absolument incapable d'achever la moindre indication d'un sentier quelconque. Ainsi nous cheminons à l'aventure, jusqu'à ce que nous nous trouvions bientôt engagé dans l'Ormond dessus, dont, dont de bonnes femmes nous dégagent pour nous remettre sur l'Ormond dessous auquel nous nous efforçons de nous consacrer désormais tout entiers. C'est plus aisé une fois que nous avons atteint la Combal, trois autres maisons qui forment le dernier village, qu'on rencontre sur ce revers. Chose dûe

là; et il y a là un pavillon chinois, une maison de gros-lard, et un Mossu assis sur une vraie chaise, qui lit dans un vrai livre; nous n'en reviendrons pas.

Du reste cette vallée, à partir d'Aigle, est de médiocre beauté. Loin des grandeurs, peu pittoresque, et, au delà de la Combal, sur le sommet du partage, une mine formidd' d'aspect incomparable. C'est le premier endroit qui se soit rencontré dans nos voyages, où Mr Töpffer n'ait su rien ni le seulement d'un seul qu'il apparence de quelque chose à croquer. Deux pointes vertes, des chalets à cheminée, voilà tout; (oui on rit de cette journée.)

D'ailleurs ces solitudes, cet air de montagnes, ce parfum des pâturages, qui ne se moquent pas, mais qui restaurent. Et puis le merveilleux, le désolé de l'endroit, c'est quand nous venons à songer pourquoi nous y sommes. En effet, qui donc imaginera jamais, voulant aller à Venise, de prendre par le mont dessous! Vraiment, nous courions risque de passer pour des fous, si l'on ne nous permet un petit mot d'explication.

Souvenez-vous, lecteur, que si nous nous dirigeons sur

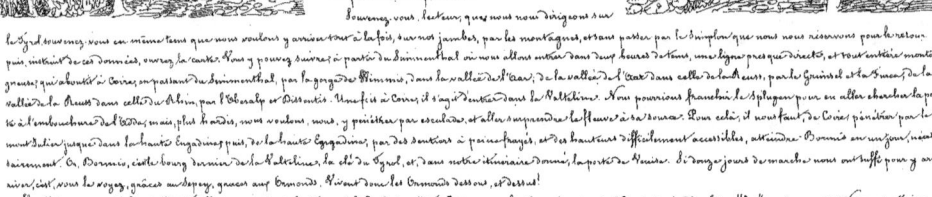

le Tyrol, souvenez-vous en même tems que nous voulons y arriver tous à la fois, sur nos jambes, par les montagnes, et sans passer par le Simplon que nous nous réservons pour le retour puis, instruit de ces données, ouvrez la carte. Vous y pourrez suivre, à partir du Simmenthal où nous allons entrer dans deux heures de tems, une ligne presque directe, et tout entière montagneuse, qui aboutit à Coire, en passant du Simmenthal, par la gorge de Mimmis, dans la vallée de l'Aar, de la vallée de l'Aar dans celle de la Reuss, par le Grimsel et la Furca, de la vallée de la Reuss dans celle de Rhin, par l'Oberalp et Disentis. Une fois à Coire, il s'agit d'entrer dans la Valteline. Nous pourrions franchir le Splugen pour en aller chercher la partie à l'embouchure de l'Adda; mais, plus hardis, nous voulons, nous, y pénétrer par escalade, et aller surprendre le fleuve à sa source. Pour cela, il nous faut, de Coire, pénétrer par le mont Julier jusque dans la haute Engadine puis, de la haute Engadine, par des sentiers à peine frayés, et des hauteurs difficilement accessibles, atteindre Bormio en un jour n'est vraiment. Or, Bormio, c'est le bourg dernier de la Valteline, la clé du Tyrol, et, dans notre itinéraire donné, la porte de Venise. Si donze jours de marche nous ont suffi pour y arriver, c'est vous les voyez, grâces au Splugen, grâces aux Ormonds. Vivent donc les Ormonds dessous, et dessus!

Vivent l'une aussi! Voici Mr Töpffer qui se réjouit fort de voir l'Engadine; Mr Töpffer est pour le Bernois, et puis Glérens et puis Chasfoy; Mr Moynier caresse Nasians, Marans, Brad ou Lhada, et chacun de Knous avoir ainsi d'avance un endroit dont son imagination est particulièrement friande. De près, cet endroit se trouve être un trou. C'est égal. On a vu tout au moins ce que peut être un coin du monde qui s'appelle Chasfoy, ou qui a nom Glérens, et ça fait plaisir. Le moyen d'ailleurs qu'une montagne qui se nomme Bernera ne soit pas svelte, toute plantée de bouquets de pins, et mollement assise sur des croupes ondulées et fleuries! C'est fleuri comme l'Arabie Pétrée, plant des grands, moelleux de glaces. Le moyen que l'Engadine ne soit pas une prairie embaumée où des bergères et des bergers jouent de la musette tout le long de l'an pour savoir que faire! Eh bien oui! On y joue aux quilles, mais sur le lac, et en Juin. A chaque fois deque on trompe, l'imagination recommence chaque fois à donner aux noms propres un air, une figure, une musette, des bouquets, et c'est fort heureux. Combien, en effet, d'Engadines que nos yeux ne verront point, combien de Brafoy's, de Natures que ne fouleront jamais nos pas! En attendant la fée nous les montre; ils nous paraissent charmans ou vilains, selon qu'ils s'appellent Vevey ou Vorey, Coire ou Chur, Staey ou Salva piana, et de cette façon, chacun de nous, quand il part pour l'autre monde, a vu cent fois celui-ci en lanterne magique.

Mais savez-vous qui tue la fée, qui éteint la lampe, qui change en pâte neutre les vives couleurs, les mouvantes figures, les amusantes scènes où se plaisait à l'œil charmé? Ce sont les itinéraires. Lisez les, et vous êtes perdu. Tout vous sera familier d'avance, la ville, l'habitant, le quai, le dôme. Tout vous aura été traduit d'avance en ignoble prose, en ingrates et bêtes réalités, mélanges de poids et de mesures, orné du tarif des monnaies. A vous d'arriver, vous savez déjà tout par cœur, et vous n'en saurez pas davantage. Plus d'impression vive, neuve, spontanée; plus s'écarte post, le pouvoir l'enthousiasme; plus l'espace pour les souvenirs, plus d'occurrence nement pour l'admiration; vous savez aujourd'hui et par avance d'avance, ce qui est à louer, à ne pas louer, à trouver sublime, à trouver mesquin. Pour voilà ce dicte ennuyé qui, le livret à la main, longue et constate, au lieu d'être ce voyageur qui apprend avec candeur, qui s'étonne avec amusement, qui s'ouvre à tout, et sans cesse. Tôt méchantissant au tableau de la fée, tour à tour la trace ou s'adore, la raille ou l'estime, et sans cesse lui ouvre de nouveaux domaines qu'un bien ville; elle peuple et décore. Fuyez donc les itinéraires, fuyez les où ce vous, tous ces industriels là ne vivent qui à faire taire son charmant habit, pour vous vendre à la place leur insignifiant radotage. Seulement, exceptez de la proscription, le bon Ebel, Murray, Johannes, quelques autres encore, qui sont, non pas de guides bavards, mais bien plutôt des compagnons instruits et souriés, après quelques les tout de reste, bénitez surtout cette redoutable Vouck en huit journées qui se reproduit s'itinéraire en itinéraire, pour la plus grande gloire de l'inventeur; cette Venise à huit compartimens, ce caur charmant de huit quintaux, ce calar à haut regnez qui nous ne sommes par même certain de n'avoir par bu, puis qu'à l'heure qu'il est encore; en je ne sais quoi s'attache à nos souvenirs de Venise, les importane, les baroles, comme pour les refendre en huit, et pour les ployer en quatre!

Au-delà de pâturages des Ormonds, l'on retrouve, en descendant sur Château d'Œx, les sapins d'abord, puis les hêtres, les noisetiers, et un petit chemin qui serpente à l'ombre de tout cela. Nous avons vu dans ce chemin un naturel et sa vieille qui descendent aussi en compagnie de leur vachet. Ce brave homme n'a jamais vu tant de gens à la fois dans ce chemin là. Oh! fait-il. Et où est-ce que vous allez donc bien? — A Venise. — Oui!! — Oui — Bon! bon! bon! bon! bon! (comme qui dirait: Là-là, j'y suis, j'y suis!) — Et où est-ce Venise? — Là bas — Oh!! — à droite — Oui!! — oui — Bon! bon! bon! bon! bon! et ainsi de suite durant un petit quart d'heure, dans la même gamme fidèlement. Mais voici Château d'Œx, nous laissons l'entretien et doublons les pas, d'un saut nous sommes dans la salle de l'auberge où l'on nous sert à boire. De vivres point. Il y en a pourtant, mais la Bourse commune vient de déclarer à l'hôte que nous n'avons pas faim. Et de l'eau! s'il vous plaît.

18

De Château d'Oex à Saanen, qui s'appelle en notre langue Gessenai, c'est une promenade de trois lieues. La soirée vaut celle de hier. Tout rit, tout sourit tille, une fraîcheur sans brise tempère les ardeurs d'un soleil radieux et les yeux se promènent sur une tranquille spectacle de champs et de prairies, qui récrée sans distraire; ensorte que le babil va bon train. Aussi la promenade nous paraît courte, et nous arrivons tout dispos encore à l'Hôtel de l'Ours, bâillant après le souper qui s'apprête lentement. A la fin une table se dresse; un Monsieur s'y place avec nous, et tout nous sert trois poulets uniques; je vous dirai indignés, farouches, et qui trouvent la plaisanterie d'être mangés tout à l'heure du dernier mauvais goût. On leur fait leur affaire, et à des perdrix aussi, qui se trouvent être une dissimulation ingénieuse de poisson gâté. Quant au Monsieur, sa soupe mangée, quelqu'un le demande, et il reparaît. Eh!... d'une part la politesse exige que nous attendions, d'autre part, la Trinité se passe, et Malborough ne revient pas. Alors nous prenons le sage parti de lui servir scrupuleusement ses portions, et nous dévorons les nôtres.

PONT DE WIMMIS

Au sortir de Gessenai, la route zigzague. Comme! Tout aussitôt nous passons par les prairies, puis, tournant à gauche, nous escaladons le plateau, tandis que bien loin rampe sans fin ce long serpent de route. Par malheur l'aurore a prodigieusement pleuré ce matin nous voilà dégouttants de rosée; c'est humide, mais c'est très-poétique.

La vallée du Simmenthal présente dans un espace d'environ vingt lieues, non pas des sites remarquables précisément, mais intéressans et variés. A partir surtout des rochers des Gougères, au dessous desquels la Sarine surgit dans de profonds abîmes bordés, et recouverts presque, d'une végétation admirablement riche et vigoureuse on passe insensiblement par tous les degrés qui séparent le touffu de l'ouvert, et agreste du sauvage. Le point le plus élevé est au dessus de Gessenai. De là on redescend vers des sites qui ne ressemblent point à ceux de l'autre côté; c'est le paysage bernois, plus grand, mais plus monotone, sévère, mais éclatant de verdure, où l'esprit d'ordre, où le hardi travail de colon vigoureux s'empreint jusque dans la coupe ordonnée des bois, et dans la lisière carrément alignée des forêts séculaires. Près de Bottigen, la dimance s'engage dans un couloir étroit et tourmenté, tout encombré de rocs qui lui disputent le passage, et l'on a là cet endroit le spectacle d'une petite scène mêlée sans qu'elle vienne coûter rien. Au delà le paysage se transforme, la vallée se rétrécit insensiblement, et, par le sauvage gorge de Mimmis, l'on débouche sur la riante campagne de Thonne. Il y a peu d'années encore la route devait immanehal et effet étroites et dangereuses dans plusieurs endroits, elle est aujourd'hui si sûre, large et bien entretenue partout, ce que nous devons pour l'instruction de ceux qui aiment à faire tranquillement en voiture et en famille une excursion facile, dans une contrée montagneuse, sur un chemin sans poussières, sans ornières, sans grelots, et point encore encombrée de touristes.

Du reste, malgré la beauté de ce chemin, le voyageur Plancher trouve que son bonheur sur un siècle de dos, et il sent distinctement une démoralisation interne, qui, après avoir reconnu que ses deux épaules attaquées ses clavicules, les loue la méthode des plus fameux médecins, M. Töpffer, pour soulager le mal, en donne la raison. "Au troisième jour du marché, dit-il, le rencontrer à échapper sur les omoplates endolories par leur travail des deux jours précédents, il est parfaitement normal qu'il en paraisse plus lourd des dix livres, et il serait anormal qu'il ne le parût pas."

Cette explication ne soulage pas du tout Plancher, qui, selon la méthode des plus fortement malades excessif neuf drogues, consulte les fiatoès, et s'administre toutes les recettes essayant tous les modes de transport, derrière bras, dessous bras, courroies courtes, courroies longues, froid, tiède, chaud, suais, serrés, en équilibre, en suspension, omœopatiquement, allopathiquement, ne s'inriidm advficesuppose indiwilliq ne con ent s'enveneentl aut ainsi dans une série indéfinie de mécaniques aussi ingénieuses et compliquées, qu'elles sont vaines et décevantes. Liendos s'en tire bien mieux: des camarades, en effet, se sont repartis entre eux le contenu de son sac, en sorte qu'il gambade léger et le plus normalement du monde.

Cependant nous sommes à jeun, et le déjeuner, où nous devons déjeuner, ne paraît pas encore, lors que par bonheur on nous arrête, que nous y sommes. Et agréable nouvelle! En effet, l'ancienne route sur laquelle nous nous imaginions cheminer, traversait le bourg, tandis que la nouvelle sur laquelle nous sommes réellement, le rase. Il n'y touche que par une auberge où nous entrons. C'est à l'Ours mesurés, à l'Ours, où nous sont cette déception fabuleuse dont nous avons eu maintefois l'occasion de parler, une sorte de café tiré d'une fusion de quelques choses d'incolore qui n'a pas de saveur. On mélange cela avec du lait, et c'est délicieux; quand on a marché trois heures à jeun, et dans l'état normal. On nous sert aussi du Kirschwasser, la confiture de ces contrées. C'est une sorte de miel noir, fait de petites cerises noires de montagnes, et qui, pour les amateurs, l'emporte sur toutes les confitures civilisées, par je ne sais quelle saveur agreste et quel bouquet fin et sauvage à la fois. Tout ceci dans une chambre en bois, et au sourire du soleil qui illumine les murailles bien lavées, une nappe fraîche, et une femme partout proprette et nettoyée. Prix : cinq batzen.

Quand les philosophes avancent que la richesse porte préjudice au plaisir, c'est vrai, car cette pauvre richesse n'imagine pas qu'on puisse déjeuner mieux que bien, c'est-à-dire dans les meilleur hôtel et avec du moka. Quand ils disent que le rang, que les honneurs, portent préjudice au plaisir, c'est vrai, car le rang, les honneurs, en fussent-ils les maîtres, n'imaginent point d'aller à pied se faire servir dans un trou. Quand ils disent que la vanité corrompt, hébète, fait l'homme tout semblable à une sorte et mauvaise créature, par bonne et un peu stupide, c'est vrai encore; car la vanité, qui est si loin de se plaire partout qu'elle paraisse; là où il n'est pas un, il l'ennuie; là où il est vu, il est rarement content. Ce ne que j'ignore même, ce que connaît le riche, ce que le grand recherche, les charmes de la bohémie, les agréments du naturel et de la simplicité, les douceurs de la solitude, l'attrait de cette oisive obscurité qu'un et autres par fois savent se faire pour y chercher un repos rêveur, ou un paisible mélancolie. Mais quand ils avancent, que qui dit joie, plaisir, sont-ils assurés d'une condition médiocre, je

pense que ceci était vrai dans les trois ou un siècles ou milieu où comportait ce repos d'esprit, d'affaires, de politique, qui à écrit plan aujourd'hui, et dans lequel pourtant il n'est, ni de peu journées, ni d'amusant mouvement, ni de folles joies, ni d'excursions à la bonne, ni de déjeuner au Kirschwasser. Où sont, dis-je à moi, où sont les bourgeois d'aujourd'hui qui songent à ce et à ceci? Où sont les pauvres aisés, ou médiocres tant qu'on veut, qui ne soient pas affairés toujours, soucieux toujours, sombres, roides, serrés, boutonnés et disposés en toutes rencontres à s'occuper d'élections, de banques, de chemin de fer constitution, ou de blâmer même, bien plus qu'à jouir une fois par an des plaisirs à leur portée? Les pauvres sont absents encore! Mais comme on les travaille, on les instruit, on leur inspire le dégoût de sa condition, dans quelques années il me chantera plus; et le monde alors sera qui comme une porte de prison, au moins comme un vestibule de chancellerie!

Et ce n'est pas seulement le bonheur des bourgeois que nous suggère ces réflexions, elles se présentent bien entre d'autre esprit de l'autre côté des Alpes, lorsque nous rencontrions à l'approche des villes, des charretées de gens en plein fête, lorsque nous traversons des villages, des bourgades, remplies de gais bourgeois, du petit peuple en train de rire, de marchands mûrs, tous entiers à polichinelle, tout entiers à une musique de carrefour, tout entiers à se divertir aussi bien qu'à vendre? Ces gens, ô Télémaque, me rappellent mes bonheurs de la Belgique, tout autant, pour le moins, que les plus honorables particuliers des villes et bourgades de l'autres rives. Sans doute il faut les plaindre d'être courbés sous le joug d'un monarque quelconque et d'alentour privés de la lecture des feuilles radicales, mais il faut convenir aussi que ça gaillard le dissimulent à merveille leur désespoir, et que jamais on ne vit des informés si de divertir de meilleure grace. Fuyons, mon enfant, ce spectacle n'est pas bon. Cela longue, il ferait haïr la liberté à cause de tes vacarme, le progrès à cause de sa fièvre, l'industrie à cause de ses trames, les gazettes à cause d' leurs mensonges, les sociétés constitutionnelles à cause de leur croissant ennui, et t'enfinirait par s'imaginer que le petit bon gens peut vivre, à la rigueur, peut être heureux sans tous ces engins-là. Fuyons; voici polichinelle.

Pendant le déjeuner, arrive la malle-poste, qui repart tout à l'heure. Une diligence à Altenbach, c'est y grande place jusqu'à Erlenbach, où nous devons coucher ce soir. — Accordé. Aussitôt Altenbach renverse son omelette, enjambe la table, prend deux ou trois sacs, oublie son bâton, se lance dans la malle, et, roule, roule déjà bien loin. Demi-siècle, nous quittons nos sacs

Lac de Thoune.

Au sortir de Simmenenthal, nous quittons les routes de Thoune, et, passant le beau pont de Wimmis, nous voici engagés dans cette vaste plaine coupée de collines boisées, qui s'étend du pied du Niesen, jusqu'à la rive escarpée du lac de Spietz, où nous comptons déjeuner, est situé en cette rive. Derrière un petit mont que nous ne tardons pas à franchir. Quel endroit pour un peintre que ce petit mont! Arbres moussus, chemins recaillants, partout des accidents de terrain, des niches de gazon, qui sont perdants sous des branches basses, et çà et là, un vieillard qui fait des fagots. De plus les deux rivières de la Simmen et de la Kander, profondément encaissées entre des moraines qui se succèdent les unes aux autres en serpentant vers l'horizon, forment des seconds et des arrière-plans de toute beauté. Nous ne rencontrons point de peintre, mais en revanche nous croisons une compagnie de touristes. Ils sont anglais, de l'espèce morne, ensorte qu'il se croirait seul au monde, sans que la dignité humaine reçoive de part ni d'autre le plus petit échec.

Rien d'ailleurs n'est plus bernois de caractère que ces deux endroits, Wimmis et Spietz. Le château du bailli y est encore debout, sur la hauteur, dans toute sa lourde et forte ampleur, avec ses fenêtres étroites, sa cour intérieure, ses tours carrées, ses gros terrassements. Autour de grands peupliers, des chênes robustes, des noyers séculaires, puis les premières fraîches et tendres, où se prélassent des vaches énormes. Le tout donne une impression de grandeur, de force, de nationalité vigoureuse, et l'on se prend à se dire actuellement, que, plus libre et plus heureux, le peuple bernois d'aujourd'hui sont-ils vraiment aussi puissamment constitués que le peuple bernois d'autrefois.

Déjà notre avant-garde est arrivée à Spietz. Outre les château, il y a là une taverne. Quelques-uns entrent dans la taverne où ils font, rien que pour voir, un inventaire des vivres et boissons. Les autres, demeurés en dehors, s'entretiennent avec la famille d'Elback qui prend le frais sur la terrasse du château. C'est à Fulsée, leur dit-on, qu'il vous faut aller vous reposer, qu'à Fulsée de quoi déjeuner. Là-dessus, toute l'avant-garde s'en va à Fulsée, et des signaux sont faits aux traînards pour qu'ils se dirigent sur cet endroit. Les traînards n'y manquent pas, Mr. Töpffer en queue, qui prend par les prés et qui, il arrive, avant sur le kirchmiss indiqué.

Comme un homme ivre ou un homme furieux descend les rochers de Spietz, agitant sa crinière, et tout semblable à Oreste poursuivi par les furies. On s'arrête, on se retourne, on

contemple le désespoir de l'infortuné, qui, prenant aussi par les prés, arrive droit sur nous, gesticulant, ruisselant, violet, furibond, et baragouinant du gosier une époque en haut allemand, à n'en pas finir. Nos draguemans s'approchent et nous apprenons avec surprise que les gens de la Taverne ont préparé un déjeuner pour vingt deux personnes; — Mais on n'a rien commandé! dit-on. — On n'a rien décommandé non plus. — Mais M. d'Erlach nous a conseillé d'aller à Tulzée! — M. d'Erlach a trop parlé. — Sur quoi l'on composa, M. Töpffer paie? l'homme s'en va, et c'est ainsi que nous avons été assez maladroits ce jour là pour payer deux déjeuners et n'en consommer qu'un.

Une chose nous reste pourtant de l'aventure, devinez quelle? C'est le mot de cet homme "M. d'Erlach a trop parlé." Ce mot devient proverbe dans la troupe, et à quiconque intervient sans nécessité, s'interpose officieusement, ou s'entremêle à plaisir, on applique tout bavard: Monsieur d'Erlach a trop parlé. Certainement M. d'Erlach n'a voulu que nous obliger, et il l'a fait le plus gracieusement du monde; ce qui n'empêche pas le mot d'être à la fois concis, juste, expressif, fin et convenable. Tous les paysans ont du style.

Enfin voici Tulzée! C'est un trou bien autrement petit que Spietz, mais eau de quatre sous, au bord de l'eau. Décidément il a trop parlé, M. d'Erlach. Toutefois le déjeuner vaut mieux que ne le fait présager l'hôtellerie; le Kirchwurst surtout l'emporte encore sur celui de Thun, et si Plantier s'y contentait, nous lui en mettrions une charge sur le dos. Sur ce bâton de pot. Sur ces entrefaites, une belle calèche s'arrête devant la porte. Nous y considérons gravement, assis et juxtaposés, le roi et la reine de Hongrie; qui de leur côté nous considèrent juxtaposés pareillement et assis autour de notre Kirchwurst. De tout tems, dans nos caravanes, on a appelé, le roi et la reine des Hongries, ces époux touristes, qui graves et posés, voyagent sans y prendre garde, et comme pour la montre. Il faut que le Monsieur ait soixante ans accomplis, et un habit bleu à boutons d'or; la dame cinq ans [...]

derniers, un béret si possible, l'embonpoint serré dans une robe de bal, pas de châle et force falbalas.

Nous nous proposons de nous embarquer ici pour Neuhaus, mais les bateaux y sont rares. Une seule barque sans bancs, sans pavillon, est amarrée à la rive; on l'équipe pour nous que bien que mal et nous voguons lentement, exposés aux ardeurs d'un soleil brûlant. Aucuns et quelques uns emploient tout le temps de la traversée à se construire avec des blouses, des sacs et des bâtons, une tente mécanique qui ne manque jamais de crouler dès qu'elle est arrivée à son plus haut point de perfection. D'autres pêchent. Le grand nombre attrape des coups de soleil sur le nez, et se

félicite seul de félicité intérieurement de ce qu'il n'y a ni vent, ni air, ni souffle; tandis que extérieurement on compatit à des souffrances qu'il partage. Après trois heures de grillade, nous touchons à Neuhaus et d'un saut nous sommes à Interlachen.

Nous rencontrons ici, dans l'espace d'une demi heure, plus de touristes nous, nous, et autres, que nous n'en verrons dans tout le reste du voyage, et cependant, ici aussi, ils n'affluent pas. On dirait en vérité que l'espèce commence à se perdre; c'est le moment d'en faire empailler. Chose admirable, l'excellente pyramidale! il y a des glaces à Interlachen! des glaces water prées! On envahit le café, sauve qui peut, et un grand attroupement de badge se forme à l'extérieur qui nous regarde faire. C'est que tout est éminemment distraction, amusement à Interlachen; à peu près comme dans les endroits où il n'y a ni amusement, ni distraction, ni évènement de reste. La nature y est magnifique sans contredit, mais à voir. Le genre des pensions et la façon dont elles sont entassées, le mode de vivre et de se créer des pensions avec, leur tout leur parure, leur gentilhommerie tout particulièrement exquise et sa tenue; il nous vient toujours à l'esprit que ces gens recherchent les beaux sites et la Jungfrau bien moins pour les regarder que pour s'en faire voir. On s'afflige, on croit pour plus envie que pitié, et nous, pensionnaires aussi, volontiers nous tout. Donnons pourtant un mois notre place contre la leur.

À Interlachen, tout est gentleman, marchand, ou batelier. Dès qu'on entre dans l'avenue; ces gentleman vous considèrent, ces marchands sont vite à leur poste, et ces bateliers vous sautent dessus, comme des puces sur un carlin, pour vous tirer le sang. Les voyageurs novices croient devoir répondre, offrir un prix, contester, et ils franchissent l'avenue sans se douter de la Jungfrau. Les voyageurs expérimentés regardent la Jungfrau et se laissent faire. Nous saluons en passant nos jolies amies françaises que nous retrouvons ici après les avoir quittées sur le Righi. Elles sont l'air sœurs: l'une est pour tant la même de l'autre. Toutes deux répondent à notre salut par un gracieux sourire qui ne peut manquer de nous porter bonheur.

À la fin, il faut bien s'apercevoir que les bateliers sont là. Quel troupeau, grand Dieu! Et comment serré d'un près; faire de la diplomatie qui vaille quelque chose. On en fait pourtant, et elle réussit. Tout à l'heure nous voici en plein lac de Brientz, naviguant à l'ombre des promontoires, et promenant nos regards sur ces magnifiques rives. De fort loin, nous entendons, tout l'air est calme; le sourd fracas des chûtes du Giesbach à notre droite. Je ne sais quoi de ce station-naire navigue à notre rencontre: c'est le bateau à vapeur. Tout innocens qu'est ce navire, nos bateliers lui gardent rancune.

À Brientz l'aubergiste est sur la rive, qui nous accueille, nous héberge, et nous fait un prix, en idée du moins, car la proie lui échappe et s'envole vers d'autres vautours. Plus loin, même scène. On a construit à l'extrémité du lac un grand Hôtel de Bellevue tout rempli de grands vautours. Les oisillons leur passent sous le nez. C'est dur, mais que faire?! Pour nous, tant nous sommes impatissans, si la Bourse commune y consentait, volontiers contre quelques victuailles nous laisserions à chaque rapace quelques unes de nos plumes.

La nuit s'ouvrant, nous marchons au bruit des cascades qui s'entendent de toutes parts. Pas un passant, pas un touriste, à peine quelques chèvres attardées qui regagnent leur bercail, chassées par la gaule d'un enfant de chaumière. Plusieurs se démoralisent et ne marchent plus que par ressouvenir. Voici une lumière; c'est Meyringen! Pas du tout, c'est, dans le bois, la lumière du petit Poucet; et nous faut encore trois quarts d'heures pour arriver au Sauvage où nous soupons comme des ogres.

Au Sauvage, l'hôte est chauve comme un Osage, et le sommelier rose et joufflu comme les plus frais occupidons de Rubens. Du reste nous n'y retrouvons pas ce pauvre Monsieur de l'an passé qui avait perdu sa fête.

Le monsieur qui a perdu sa fête.

Entrée de l'Oberland.

Cinquième journée

Le temps est toujours radieux et sans qu'il y insiste, l'odeur, vous vous doutez de ce que peut être une belle matinée du Hasli fraîcheur éthérée, mélange d'ombres limpides et de claires verdures, musique sonore des cascades, tout ce qui enchante le touriste et lui promet du plaisir. À cette heure, la rue de Meyringen est encombrée de guides, de mulets, de caravanes qui s'apprêtent à partir dans toutes les directions. On prend son café au milieu de ce charmant tumulte; et plus tard, l'on se souvient de ce café comme d'une grande fête. Pauvre Monsieur qui avait perdu la sienne! Où est-il maintenant? Où soupe-t-il triste et abattu? Où cache-t-il son lugubre désappointement? Aura-t-il au moins se trouver ou se faire quelque part une petite fête à son usage? Une illusion de réjouissances, un prestige de pompes qui ne soient pas funèbres? On n'en sait rien, absolument rien.

Nous partons. Un mulet de sûreté nous accompagne plus un guide. Cette montée du Grimsel débute par d'adorables petits chemins qui serpentent dans un rocher couronné de beaux châtaigniers; du sommet de ce rocher, on découvre une jolie vallée qui fut un lac bleu, qui est aujourd'hui un lac de douce verdure. A gauche s'ouvre le passage de Susten; en face, celui du Grimsel; au devant duquel les géologues admirent un roc perché. Comment un roc perché ou se percher, c'est à ces Messieurs de le dire; mais c'est à nous de donner le dessin du phénomène.

Quatre femmes qui portent des œufs à l'hospice montent avec nous. Conformément au costume du pays, elles portent le mouchoir rouge en bandeau sur le front. Planter considère ce bandeau d'un œil d'amateur; après quoi, reprenant son chemin: "Pour porter un bonnet, dit-il, il n'y a qu'une provençale ou une créole." Et allez. N'est-ce un seul coup condamnons ces pauvres Italiennes qui ne portent point de bonnet, et tant de dames qui en portent, avec d'impitoyable comme un apophthegme.

Au delà de ce roc perché, nous commençons à rencontrer des touristes qui descendent. Le premier est de l'espèce des pieds. Le touriste à ses pieds est gêné pour marcher, comme certains aquatiques qui nagent mieux qu'ils ne promènent. D'autre part, quand le touriste à ses pieds est sur son mulet, cet accoutrement Bois de Boulogne jure avec les sapins. Chose remarquable! l'on trouve dans tous les règnes, de ces ornithorynques qui ne sont ni rat, ni oiseau, mais un peu tous les deux.

Plus loin (cette vallée est très riche en espèces rares et curieuses) nous trouvons une autre variété. C'est le touriste imperméable qui est triste, soigneux, mais jamais mouillé. Voyage-t-il pour cela? Ce touriste là descend timidement le long des rochers, regarde sans le ciel, devinant la pluie; et au moindre signe d'humide, il s'imperméise immédiatement. Le voilà alors sous son vrai plumage; celui de maître corbeau, perché aussi.

TOURISTES NONO

Le touriste constatant.

22.

Ce est la voie où il faut persévérer et marcher, et dans l'art, et dans les lettres, et en toutes choses, pour qu'après tout, on n'est un peuple, ou n'est un homme, que si l'on a ses membres et non pas si on les emprunte.

Ce propos, nous avons entendu quelquefois, et jamais sans en être aussi surpris qu'affligé, reprocher à l'un de nos artistes de faire trop peu du Grütli, toujours de l'histoire Suisse. Quel injuste et sot reproche, et que c'est peu encourageant pour un homme qui a fait des efforts et des sacrifices de tout genre dans le noble but d'élever à la hauteur où il l'a mis, le style de l'histoire suisse et nationale, que de s'entendre apprécier ainsi par des Suisses, par des nationaux. Quel serait le donc mieux que cet artistes vouât son savoir et ses talents à l'histoire de France, à la romaine, à la Grecque. Et ce pauvre un cœur noblement, chaudement patriote, l'on munie indifféremment pour toutes pays le pinceau de l'histoire. Est-ce qu'il y a une histoire plus belle, plus attachante, plus sainte que la nôtre. Ou bien ces compositions les craignons-nous donc qu'elles n'émeuvent nos maisons, quand de laborieuses études et toute une vie ne sont pas de trop pour en accomplir quelques unes. En vérité, ce reproche n'accuse que l'irréflexion de celui qui le fait et le tombe d'ailleurs devant cet empressement avec lequel, par trois fois déjà, nos concitoyens ont acheté par souscription et donné au musée de la ville, des tableaux tous suisses, tous nationaux, et par le site et par le sujet et par les pinceaux qui les ont produits.

Que sont-ce en passant, en montant, vous je dire; car nous voici tout à l'heure à la Handeck, où la pluie nous atteint. Léonidas, ce touriste... trop peu profond et bien loin en arrière... M. Töpffer, et deux ou trois autres l'attendent tout en ayant soin, à l'approche du traînard, de s'entretenir familièrement d'une grande race de loups qui habitent ces cavernes qui vont à droite et à gauche. Et voilà pourquoi tandis qu'il, nous vous avons attendu. A partir de ce moment Léonidas est bien loin en avant, et jamais sans escorte. Certainement il est de petites fraudes qui sans être pieuses, sont du bon pourtant, et terminent les affaires à la satisfaction générale.

Nous trouvons le Chalet de la Handeck rempli de monde: touristes, hommes du pays, guides et buveurs. Parmi les premiers, des gens titrés: un marquis, une marquise; puis une famille alsacienne dont le chef est un Monsieur que nous trouvons aimable, et de bien agréable compagnie; pour l'heure, il joue du flageolet. C'est aimable déjà et agréable sans doute, mais je ne sais, la culture persévérante de cet instrument quelque honorable qu'il soit, et légitime autant qu'un autre présuppose chez ce sujet, un esprit légitime autant qu'un autre, et honorable aussi, mais mince, fluet, et de cinq trous percé. Tout d'abord, vous êtes disposé à vous imaginer que l'ingénieur virtuose doit consommer quantités d'heures à tourner des batteries en ivoire, ou des bilboquets en bois; qu'ils soient des recettes pour cuire la colle; des procédés pour soulever les souliers, une façon de boucler les souliers, un autre d'élever des rossignols d'ailleurs, bon époux, bon père, bon citoyen parce que des passions le laissent tranquille, et qu'il n'est rien tel pour être bien sage, que de jouer du flageolet toute la journée. Et voyez, un peu comme l'on se trompe! Notre Monsieur Alsacien avec qui nous sommes destinés à passer un jour entier, se trouve être un négociant d'une conversation nourrie, d'un commerce rempli d'agrément. En même temps, c'est vrai, il sait des chansons drôles, il escamote, il fait des tours, voilà tout ce qu'il a de flageolet dans l'esprit. On dirait un terrain sain et fertile en bonnes herbes, avec de petites fleurs qui n'y gâtent rien. Aussi pensions-nous bien désormais de quinque joues du flageolet. En jouez-vous ?..... moi non plus.

Après un petit rafraîchissement, nous allons visiter la fameuse cascade du lieu, belle dans le genre, et dans le titres, sans compter qu'au rebours des autres cascades, celle-ci se contemple d'au-dessus. Un frêle pont a été jeté sur le gouffre. De ce pont l'on voit deux filets torrens à la blanche crinière se courir sur le haut des montagnes, se rencontrer à l'origine de la chûte, s'y précipiter furieux et tout jaillissant d'écume. Puis, tandis qu'œil plonge avec épouvante dans un cahos d'eau qui se brise, se dégoutes qui s'élancent des flots qui bouillonnent et disparaissent sous sourd et majestueux tumulte s'élève de ces profondeurs, des vapeurs limpides remontent jusqu'à la lumière scintillent aux rayons du soleil et vont goûter aux herbages d'alentour le bienfait du matériel... Nul ne peut assister à ce spectacle de sang froid, et un homme qui n'aurait jamais reçu l'impression du sublime, c'est là qu'il faudrait l'amener. Ou presque l'endroit est bien fait pour donner des vertiges. Le pont est d'ailleurs étroit mauvais, tremblant, et l'on passerait de sa vie la misère ou la bassesse, en voir ce la moindre témérité. Aussi Mr Töpffer inventé il tout exprès pour ce pont tic un plan modèle d'opéra...

Le guide et lui occupent la tête du pont, Mr Morysca commande à tous et fait garder les rangs, Mr Töpffer amène quatre par quatre, et tout se passe au mal ne voulant grâce à Dieu.

Après cette expédition nous quittons la Handegg. Le ciel s'est chargé de lourdes nues, des gouttes égarées tâchètent ci et là les blocs épars, et le vent, acteur des hauteurs, rabattu sur cette vallée de pierres, où il trouve à peine quelques herbes à ployer. C'est déjà notre avis, un très beau tems pour achever la montée du Grimsel. Tant de tristesse et de solitude autour de son provoquant une sorte d'émotion. Cet Hospice vers lequel on tend se peint au cœur comme un bienfaisant refuge. Sous ce rejoint, une fois abrités d'y frons qui étaient au souffle du glacier et sous ce ciel ingrat leurs fleurs purpurines. Plus loin, nous franchissons cette petite plaine où surpris il y a quelques années par la tourmente, nous nous perdîmes de vue et nous perdîmes aussi le sentier. Enfin par un escalier taillé dans les rochers, nous nous élevons jusques sur le petit plateau où se cache l'hospice. A peine en avons-nous franchi le seuil, que l'orage éclate et la pluie tombe par torrent.

L'hospice du Grimsel est une maison chétive, elle paraît surtout à ceux qui ont pris au St Bernard leur type d'Hospice. Les abords en sont boueux, des pourceaux ? des hommes du seuil, et intérieurement tout est d'une simplicité rue et sans confort. Mais l'hospitalité (payée d'ailleurs) s'y exerce avec bonne grâce, mouillé, gelé ou souffrant, il vaut mieux arriver là que dans tel magnifique hôtel. Le papa Zryppach, fermier de l'hospice est un gros homme qui donne de l'air aux figures d'anciens suisses que l'on voit dans les almanachs et sur les vitraux : épaisse crinière, large mâchoire, dos conforme, et mollets qui font plaisir à voir. Vogel de Zurich en donne de cette sorte à Tell...

et aux hommes de Morgarten: mollets gros et musclés, mollets d'un pourtour colossal, mollets farouches, mollets antiques, rassurans, bonhommes, loyaux; primitifs, bourgmestres; mollets alpestres, assortis à une grande nature; et granitiques suffisamment. Pour nous, nous ne saurions nous manger tout à fait nulle part, si seulement une paire de mollets de cette sorte se vient se poser ou se promène autour de nous. Ça tient compagnie. Le papa Zippach nous installe; en allemand bien entendu, car, comme les montagnards de vraie race, il n'entend que sa langue; et vous lui diriez que qu'il irait chercher un interprète pour lui traduire la période.

La maison est remplie; surtout la salle à manger, où se tient toute la maison. Notre Alsacien y est; notre marquis aussi; plus, un français qui a une fluxion; plus, un ménage genevois; plus, un poète à cheveux pleurans; plus trois gigues irlandaises qui semblent, comme trois cariatides, porter le plafond sur leur dos; plus, tout un congrès des géologues parmi lesquels on remarque M.M. Forbes, Agassiz et d'autres hommes distingués. Le souper réunit cette foule autour de deux tables, et la couchée l'éparpille dans tous les réduits de la maison jusques sous les tuiles, où huit des nôtres, croyant aller chercher le sommeil, trouvent la pluie et rêvent trempés.

Cinquième journée.

¹ Il pleut toujours au Grimsel: les géologues nous l'ont dit. L'Hospice étant situé au fond d'un entonnoir formé par de hautes cimes, ces cimes attirent les nuages dans l'entonnoir; ces nuages refoulés font une pluie à noyer les granits, et, à son tour, cette pluie refoulée tous les touristes au fond de l'entonnoir, où le papa Zippach, pareil au fourmilion, attrape...

croque et fait curée.

Mr. Agassiz seul, et un ou deux géologues, sont partis au jour; tout le reste, même quelques imperméables, délibère, temporise, déjeûne pour voir venir, puis, ne voyant rien venir, prend son parti d'attendre à l'hospice le retour du beau tems. C'est un très joli moment que celui-là, pour nous du moins, qui avons des jarrets à reposer et des impressions à mettre au net; pour le papa Zippach aussi qui, une fois le filet tombé, compte ses alouettes, et donne des ordres pour qu'on les engraisse avant qu'il les saigne. Chacun se fait aussitôt un emploi de ces loisirs: les uns écrivent, les autres dessinent ou feuillettent le livre des étrangers; plus loin on converse, l'on fait une partie d'échecs; là bas, on joue du flageolet. Vers dix heures le marquis et la marquise se hasardent à partir; personne ne suit leur exemple et nos vaux seulement les accompagnent.

Trois des géologues sont restés: ces messieurs, collaborateurs de Mr. Agassiz, comptaient se rendre ce matin à leur cabinet d'étude (c'est, à trois lieues de l'hospice, sur le glacier de l'Aar, un trou sous une pierre, avec un âtre et deux marmites) mais la tempête les a retenus, et bien heureusement pour nous, car les voilà qui nous accueillent amicalement, et qui nous font passer une journée charmante. Jeunes, gais, complaisans et instruits, ils nous expliquent familièrement la vie que l'on mène sur le glacier de l'Aar; à quelles causes on y fore un puits profond déjà de 60 pieds; comme quoi les glaciers ont des puces à eux, tout comme les cuisinières et les chiens barbets; enfin, comment la neige rouge doit sa couleur à un insecte qui a l'estomac cramoisi. Vite l'on va chercher de l'eau de neige rouge, on monte un microscope, et nous voilà regardant tour à tour de nos vingt deux œil droits des Rotifères tant que nous voulons. C'est ça une bête curieuse! Figurez-vous un particulier qui se tient deux roues de moulin en perpétuelle activité aux deux coins de la bouche, rien que pour y faire entrer avec plus d'abondance une eau toujours renouvelée: cette eau se précipite dans le gouffre, entraînant blocs et quartiers, et la voilà qui arrive vers l'estomac cramoisi, où deux meules, placées à l'entrée, vous concassent, vous broient, vous mettent en bouillie tout ce qui se présente. En vérité, nous sommes des animalcules de coton à côté de cette bête broyante; notre suc gastrique, c'est de l'eau tiède, à côté de cette mécanique redoutable qui saisit et met en poudre tout ce qui se montre! On nous fait voir aussi les œufs, ils sont rouges. Est-ce à dire que les enfans de ces bêtes, sont tout bonnement des petits estomacs cramoisi, qui, à force manger, se font croître des têtes, des roues de moulin, et le reste? C'est à savoir. En attendant, nous consignons ici l'hypothèse, comme étant bien notre propriété personnelle à tout jamais.

Quant aux puces, elles sont grosses comme les nôtres, à peu près, et velues, pour avoir chaud, apparemment. Mais que diable trouvent-elles à sucer chez ces grands lymphatiques, et n'est ce pas après tout un triste sort pour des puces que d'avoir à piquer quelqu'un que ça ne pique pas du tout?.... La Bibliothèque universelle, dans un des cahiers de cette année, a donné le portrait de ces insectes, et des Rotifères aussi, en même tems qu'elle a publié le récit fort intéressant des excursions scientifiques de Mr. Agassiz dans la Vallée de Zermatt et la chaîne du mont Cervin. L'un de nos trois géologues d'aujourd'hui, Mr. De Sor, se trouve être l'auteur de ces récits où l'on trouve ci et là, outre une pointe de joyeuse verve, quelque chose de ce parfum vif et alpin qu'on respire en lisant les pages de de Saussure. Mais pourquoi donc, en dehors du moins de la famille de cet illustre savant, ne voit-on point se perpétuer chez nous cette grande et belle littérature géologique dont il a donné, après ou avec Buffon, les plus beaux modèles? Pourquoi n'avons-nous pas des géologues en nombre? Pourquoi nos jeunes savans abandonnent-ils insensiblement à d'autres cette étude des glaciers dont de Saussure a posé les bases, cette étude des montagnes qui était nôtre il y a quarante ans, et qui ne se fait bien que comme la pratiquent Mr. Agassiz et ses compagnons: sur les lieux même, dans la société des glaces et des rochers, au milieu des accidens, des rudesses, des sauvages sublimités de la nature que l'on étudie, avec l'entrain que donne l'esprit de découverte, avec l'élévation que communiquent à l'intelligence la solitude, le silence, le mystère, et ce spectacle majestueux des domaines inaccessibles et glacés où Dieu a caché la source éternellement féconde des fleuves qui décorent, qui abreuvent et qui fertilisent la terre?.... Serait-ce que la fatigue, que les intempéries, que les privations, que les dangers mêmes qui accompagnent cette façon d'étudier, en éloignent nos jeunes hommes? Nous ne voulons pas le croire. Au surplus, qu'ils aillent voir comme se portent sur leurs glaciers, Mr. Agassiz et ses compagnons, quelle gaîté les y accompagne, combien de fleur et de vivacité s'attache à leurs impressions, quelle amicale et familière simplicité préside à leurs travaux, et ils seront bien vite rassurés. Ah! que ne sommes-nous géologue nous-même! Bien sûr nous serions resté au milieu d'eux, et une fois du moins en notre vie, nous aurions frayé, converti, vécu avec ces magnificences alpestres que nous ne pouvons jamais que saluer en passant. Voici du reste le croquis de ce qu'on appelle Dió ja dans la contrée l'Hôtel Nuchâtelois, c'est-à-dire la pierre sous laquelle sont établis ces Messieurs.

Au milieu de ces intéressantes distractions, les heures s'écoulent rapidement. Tout à coup terreur générale! On se lève en sursaut, des chaises tombent, des chapeaux volent, la table est nettoyée en un clin d'œil..... un long hurlement succède. C'est l'ouragan qui vient de forcer une des croisées de la salle. Le papa Zippach accourt, on lui prête main forte, et le navire est sauvé.

Après dîner, notre Monsieur Alsacien se met au piano, et il nous chante une jolie romance, à la fois naïve et comique, puis il passe à ses tours amusants. Alors Monsieur Meynier, piqué au jeu, tire de sa contrepartie un récit à crever de rire, et le poète lui-même, le poète à cheveux plantureux, oublie un instant des tristesses, pour nous faire une scène des ventriloques. Ainsi se passe une journée au Grimsel, quand le temps, assez atroce pour couper court à toute incartade, force les plus hâtifs à faire séjour de bonne grâce; quand, encore, la société est nombreuse, excellente, pour nous, qu'un mutuel désir de se complaire et de se divertir, rapproche les âges, les conditions, et double, quintuple, par cela même le fonds commun d'agrément et d'amabilité.

Dans la soirée, arrive un touriste-Robinson. Le touriste Robinson porte une sorte de costume en grosse laine; charpenté à la Crusoé, et calculé en vue d'affronter les ouragans et les cataclysmes. C'est bien pourquoi, si le temps est beau, le touriste Robinson met ses pantoufles, allume un cigare, et reste à l'auberge jusqu'à ce que vienne la tourmente. Alors il s'affuble et part. Celui-ci vient de passer la Furca et le Meyenwand.

Halte de Ried

Ce matin, même tems qu'hier. Il est d'ailleurs que l'ouragan gronde toujours, en sorte que notre voyage de Venise commence à être compromis si nous sommes retenus plus longtems au Grimsel, compromis encore si ces tempêtes ont rendu impraticable le passage de la Furca. Au surplus, rien n'agit plus désastreusement sur les dispositions de l'esprit que ces pluies continues où viennent se noyer bientôt projets, plans, espoir même de tems meilleurs.

Lasciate ogni speranza voi ch'entrate

devrait être aussi l'inscription tracée sur le seuil de cet entonnoir diluvien. Déjà Mr Töpffer en est à faire de nouveaux devis géographiques, tendant à prendre par le Simplon, ou même à ne pas prendre du tout, selon l'occurrence. Pourtant, aux fins d'avancer les choses, il demande le compte au papa Zippach, qui, pour rien au au moindre, ne veut consentir à le faire. C'est cher, car dans ce cas là, crainte de ne pas payer assez, d'ordinaire on paie quelque chose de trop.

Cependant les gens de l'hospice annoncent comme prochain le retour du beau tems, et nos trois géologues, déjà rangés à cette opinion, veulent absolument nous emmener à l'hôtel Neuchâtelois, pour nous faire les honneurs de leur glacier. Rien ne nous intéresserait davantage, mais ce serait grossir notre arrivée. Aussi prenons-nous à regret congé de ces Messieurs, qui partent aussitôt pour le glacier de l'Aar, tandis que nous nous dirigeons vers celui du Rhône. En attendant qu'il se soit fait beau, le tems est abominable encore: une pluie serrée, un vent glacé, margouillis en tête et en queue. Le touriste à l'affluence monte avec nous; certainement ce n'est pas sur le conseil de son docteur.

Mais bientôt, nous voici au sommet du Meyenwand, sur le rebord de l'entonnoir. Plus qu'un saut, et, chose admirable, nous sortons tout à coup de la pluie, comme des canards d'une flaque. Le soleil brille, le soleil chauffe, sèche, ragaillardit; bien plus, nous découvrons là bas, les cimes de la Furca, venoyantes, illuminées et pour encore breux de neige. Alors, adieu Simplon, devis, prompt retour, et toutes les horreurs qu'il n'y a pas deux heures de tems, menaçaient notre avenir. Sortis du lugubre entonnoir, l'espérance renaît dans nos cœurs, et nous nous élevons désormais de spirale en spirale vers les domaines de la lumière, le visage au soleil, l'œil sur l'azur qui nous est rendue.

Après avoir dépassé le lac de la Mort, (c'est une petite mer sombre et glacée où dorment engloutis quelques escadrons autrichiens,) nous voilà sur les revers du Mayen-

wand, en face du Glacier du Rhône qui se déploie tout entier à notre gauche. Encaissé entre le Grimsel et la Furca, ce glacier se présente d'ici comme un amphithéâtre immense, où l'art a ménagé d'innombrables gradins; et tandis que çà et là de blanches aiguilles, sveltes, percées de jours, figurent de colossales statues majestueusement revêtues de leurs flottantes tuniques, l'éclat argentin des gradins, la diaphane transparence des parois, l'émeraude sombre des vomitoires, donnent à l'ensemble une gigantesque magnificence d'une infinie splendeur. Voilà ce que la fée nous montre, pour peu qu'on la laisse se faire, et c'est plus agréable en vérité, même pour l'esprit, que ne saurait l'être la hauteur du géant exprimée en mètres, son volume indiqué en pieds cubes, ou même son aspect rédigé en style d'itinéraire marchand, dans un itinéraire d'ailleurs exact et fashionable. L'anglais Martins, qui s'est illustré en exploitant les combinaisons de la perspective au profit des effets de grandeur et d'immensité, devrait, s'il ne l'a pas encore fait, hanter nos glaciers. Il y trouverait, nous n'en doutons pas, de ces illusions frappantes et sublimes tout ensemble, propres entre toutes à féconder un génie qui, comme le sien, est instinctivement porté vers le grandiose et l'apocalyptique.

Parvenus au fond de la vallée du Rhône, nous enjambons le fleuve à sa source pour nous engager immédiatement dans les pentes de la Furca, cette montagne nue, désolée, d'un caractère sauvage et mélancolique, plutôt que hardi et terrible. Au bout de deux heures, voici bien des neiges, mais anciennes, restes d'avalanches, et là-haut, le col qui s'ouvre devant nous. De ce col, une immensité; mais nulle part un arbre; nulle part une trace d'habitation ou de culture; l'homme et tout ce qui est de l'homme a disparu pour faire place à une matière stérile, abandonnée, morte, et pourtant attachante à contempler. Volontiers nous y ferions une halte, n'était le froid qui nous chasse, et la faim qui nous talonne. — Tout d'une traite nous poussons à quatre lieues de là, jusqu'à Réalp, pauvre hameau où s'ouvre, au pied de la Furca, la morne vallée d'Urseren!

À Réalp, il y a un cabaret. M. Töpffer arrive le dernier; y trouve toute son armée campée devant le seuil, les uns appuyés contre les murailles, les autres couchés sur leurs sacs; tous sombres et hagards de faim et de rangements. En général, présent, et bien que deux lieues seulement nous séparent du souper; se font apporter du pain et du fromage; et il distribue à chacun sans faire Kou! bisme et conjure la révolte. Les soldats renaissent, les vétérans revivent, les enfants de chœur peu commencent à rebougiller; on dirait des marmottes engourdies que visite un chaud soleil de mai. Cependant le village nous regarde faire, les enfants de tout près, les mères et grand-pères de plus loin. Sur quoi M. Töpffer s'étant fait apporter de nouvelles provisions, une ration est distribuée à chacun des marmots présents, et aussi à chacun des marmots absents, que les mères et grand-pères se hâtent d'envoyer quérir jusque dans la montagne. Ainsi tout mange dans Réalp, tout y est heureux pour le quart d'heure; et quand nous quittons l'endroit, anciens et enfans nous saluent avec gratitude et bénédictions.

Nous sommes témoins ici d'un phénomène rare et intéressant. C'est un arc en ciel d'une extraordinaire largeur qui, indépendamment de toute pluie visible, et par une sorte de ciel parfaitement serein, s'étend comme une gaze immense devant la gorge et les cimes de l'Oberalp, elles mêmes toutes resplendissantes aux rayons du couchant, de pourpre et d'azur. Apparemment quelques fines vapeurs qui montent ou qui descendent à cette heure produisent ce spectacle dont aucun pinceau ne saurait rendre l'incomparable splendeur. A mesure que nous cheminons, la gorge se dessine, laissant à découvert des montagnes d'instant en instant plus embrumées à leur sommets, plus bleuâtres et pâlissantes à leur base. Du reste, cette vallée d'Urseren est elle même remarquable entre les vallées, par son caractère d'austère uniformité. De Réalp, qui est à l'une des extrémités, l'on voit briller à l'autre extrémité les blanches murailles d'une petite bourgade, c'est Andermatt. Entre deux, rien, absolument rien, qu'une plaine verte et ondulée où gisent, près de Réalp, un misérable couvent de capucins, et plus loin, au pied du St Gothard, une haute et grande tour en ruines. Le dessin que nous donnons ici près de l'Oberalp, au dessus d'Andermatt, montre ce paysage à rebours; c'est la Furca qu'y borne l'horizon.

Au pied de cette tour dont je viens de parler, le sentier rejoint la grande route du St Gothard. De là jusqu'à Andermatt, plus qu'un quart de lieue; mais gare le courant d'air. En effet, ce bout de vallée placé entre le Reuss d'Uri à gauche, ou la gorge du St Gothard à droite, est toujours balayé par un vent froid qui descend à Altorf, ou qui monte vers l'Italie.

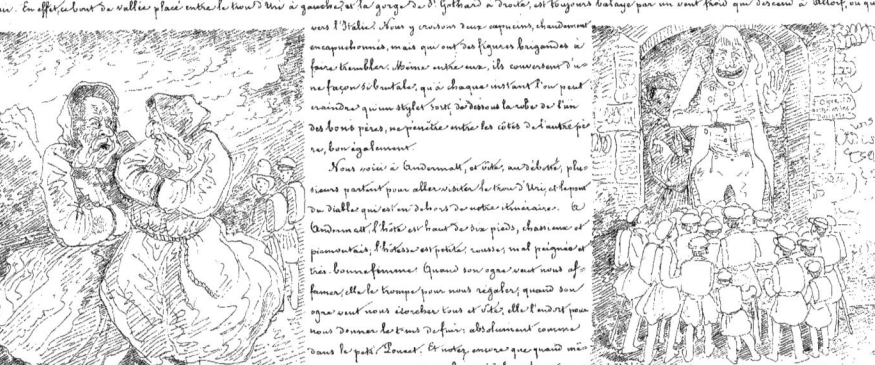

Nous y croisons deux capucins, chaudement encapuchonnés, mais qui ont des figures burgondes à faire trembler. Même entre eux, ils conversent d'une façon si brutale, qu'à chaque instant l'on peut craindre qu'un stylet sorti de dessous la robe de l'un des bons pères, ne pénètre entre les côtes de l'autre père, bon également.

Nous voici à Andermatt, et vîtes, au débotté, plusieurs partent pour aller visiter le Reuss d'Uri et le pont du diable qui est en dehors de notre itinéraire. A Andermatt, l'hôte est haut de six pieds, chauve et piémontais, l'hôtesse est petite, russée, mal peignée et très bonne femme. Quand son ogre vous veut du bien, elle le trompe pour nous regaler; quand son ogre veut nous écorcher tous, et vîtes, elle l'endort pour nous donner le tems de fuir; absolument comme dans le petit Poucet. Et notez, encore que quand même nous avons maintes fois déjà hanté cette auberge, jamais ce grand diable d'hôte ne veut nous reconnaître pour des Poucets qu'il a déjà dévorés: à ce compter, nous laisser tranquilles; tandis que la bonne ogresse de tout loin nous sourit, nous fait signe, et tressaille déjà de l'envie de soustraire tout de chair fraîche à la voracité de son époux. Mais quel bonheur pour nous que de tout tems, les ogres aient été bêtes comme des pots, et les ogresses bonnes comme des marraines!

Avant, pendant et après le souper de ce jour, Blancier traditionne énormément, toutes les histoires de vallée, tous les contes du pays natal, toutes les ballades d'Uaudute et d'Uau lais, coulent à fil de ses lèvres. D'autre part Léonidas a mal au cœur, et telle blouse qui a échappé au vermicelle d'Aigle, éprouve à Andermatt de bien graves vicissitudes. Heureusement l'ogresse est là qui pourvoit à tout, et au reste.

Sommet de l'Oberalp huitième journée.

L'ogresse nous fait bien déjeuner, après quoi elle nous met dans le chemin, et nous voilà grimpant l'Oberalp. Le sentier est étroit, ardu; la vue, celle de bien absolument sur cette vallée d'Urseren de quelque côté qu'on la regarde, ne varie que par son couvent et sa tour qui se trouvent à gauche ou le voir à droite, ou à droite au lieu d'être à gauche. Sur le premier plateau (vert) par centaines des vaches qui déjeunent d'herbes tendres, et de toutes parts des sonnettes, les unes claires et argentines, les autres sourdes et graves, qui carillonnent paisiblement. Plusieurs de ces vaches se mettent à nous regarder passer, et parmi, un énorme taureau qui ferait bien mieux de continuer son repas. Les taureaux! voilà, lecteurs, un des plus réels dangers de nos excursions alpestres. Ils sont ombrageux; nous sommes étourdis, et c'est toujours sur des sommités mises qu'on les rencontre là où ni arbre ni maison ne vous offre un abri, ou tout au moins une position d'où l'on puisse, en cas d'affaires, parlementer avec quelqu'avantage.

À l'extrémité de ce plateau, nous retrouvons le lac sur la rive duquel nous courûmes un danger d'avalanche en 1839. Ce lac, soulevé alors par l'haleine glacé du vent, est aujourd'hui tranquillement endormi au sein des pentes vertes qui s'y reflètent. Toutefois, à l'endroit de l'avalanche, nous passions sur l'amas de neige qu'elle y entretient en toute saison. Il est agréable de revoir les lieux où l'on a tremblé, mais difficile aussi, quand toutes les circonstances ont changé, de se représenter bien pourquoi, et pourquoi l'on eut peur.

Au delà du lac, nouvelles pentes vertes, et un torrent à passer. Le cuite est gros, fier, peu disposé à nous laisser faire. Il nous faut le reconnaître d'abord, ensuite construire des ponts, et traverser, même après, cela avec qui passant à pieds secs; la plupart prennent des bains plus ou moins partiels, au grand amusement d'un public excellemment rieur. Des comme aux Ormonds dessus, nous nous demandons s'il est bien vrai que nous soyons sur le chemin de Louèze, et nous nous affirmons à nous-mêmes, que oui sans réellement y croire; tant les impressions sont antérieures; tant le monde commence à nous paraître grand; tant les vastes projets, qui sont si aisés à former, deviennent, en pratique, promptement problématiques et difficilement exécutables. Dès ici: Irons-nous à Venise? Serait-ce le frein usé si dans le caravane pour exprimer l'incertitude où nous sommes de voir jamais cette ville de plus en plus lointaine et fabuleuse. (Le dessin ci-dessus pris de l'Oberalp. Vallée d'Urseren. Tour de l'Hospital. Surface. Realp. La Furca.)

Au delà du torrent, nous faisons halte sur le sommet du col, d'où l'on ne découvre que des pentes vertes. Tout ce pays est purement herbager à peine aussi sauvage que la vallée d'Urseren. Mille petits ruisseaux courent le long de ces pentes, et il est très difficile d'y cheminer posément sans glisser. Aussi nous glissons nous à la course; quelques-uns glissent tout de même; et d'autres aussi qui les regardaient faire. C'est pour arriver plus tôt à l'auberge. L'hôte est aux champs, on va le chercher et pendant qu'il ne vient pas, la faim nous contraint à fuir vers d'autres hôtes qui ne sont pas aux champs. Au bout de deux heures nous trouvons notre affaire à Cedrum.

Cedrum, Trunz, Dissentis, Tusis, Andeer, nous qui ne ressemblons plus à eux, et tout autant français, algonkins, ou doubles, qu'allemands, français, ou italiens. C'est qu'en effet nous voici dans le latium du Romonsch, langue étrange, originairement inintelligible, qui jette ressemble aux jurons d'un espagnol en colère, et parlée, au baragouin d'un jargon obtenu d'un oignon. Langue intéressante, au demeurant, et nous crie à des contrées dont elle reflète et protège les mœurs; qui plaît, même aux oreilles de ceux qui ne la comprennent pas, par une sorte d'énergique rudesse; qui, au surplus, a son journal, et une petite littérature de vallées dont nous aimerions fort à pouvoir prendre connaissance. Sûrement, cette langue de montagnards, dont les formes antiques consacrées par la seule tradition ont échappé à travers d'aspects où s'embellissent et s'écornent les nôtres, doit offrir de ces sons pittoresques, vigoureux, ramassés, de ces fleurs de diction dont l'éclat un peu sauvage et le parfum un peu âpre ne sont pas plus agréables pour nos organes blasés. Quoiqu'il en soit, dès ici nos drogmans ne nous servent plus à rien, David ne peut pas faire passer un liard de son italien, et pendant plusieurs jours nous allons être réduits au langage d'action pour tout potage, j'entends pour demander nos potages. C'est très fâcheux dans un pays où le potage manque, le pain aussi la viande aussi, et où l'on paie très cher; non pas seulement ce que l'on consomme, mais a que l'on a signifié par gestes que l'on consommerait volontiers. Rickman et Torre exceptés, ces curatés vont nous parler intelligiblement durant tout notre passage au travers des Grisons, elles cesseront de Walstein pour recommencer dans le Tyrol allemand, et jamais l'histoire de nos pas mourir de faim n'aura joué un rôle aussi grand dans nos voyages. Nous n'avons garde des vivres en plant ... des vivres un peu rares n'en sont que plus précieux; l'abstette engendre la prévoyance; il est bon d'ailleurs que des gentleman petits et gros qui n'ont jamais manqué de rien, de leurs yeux voient, de leur estomac apprennent, qu'on peut manquer de quelque chose, et qu'un bon appétit, n'est-ce pas, comme ils seraient portés à se l'imaginer, la raison suffisante d'un bon dîner.

A Cédumes, l'on nous indique pour hôtellerie une maisonnette où nous entrons. C'est la cure. Figurez-vous, au sein de cette nature déjà si paisible et dans une chambrette toute dorée des rayons du matin, un vieux curé à cheveux blancs qui fait avec son jeune vicaire une partie de dames:

le damier est grossier, la table antique, la bergère séculaire, tout dans la demeure est d'une propre vétusté; et le seul crucifix suspendu dans sa niche de bois taille de l'éclat modeste de quelques pieux ornements. C'est un charmant tableau que nous venons gâter. Les deux prêtres nous cèdent leur table, et, remettant à une autre fois de terminer la partie, ils laissent nous servir nous leurs yeux un jeune sacristain qui pèse ou mesure soigneusement chaque pain qu'il nous apporte, chaque carton de vin qu'il nous livre. Tout est rare, cher, mais tout aussi est compté selon les règles d'une scrupuleuse probité ensorte qu'il n'y a ni à se plaindre ni à marchander.

Au surplus, quel spectacle doux et calme que celui de cette demeure! On ne peut être témoin de cette simplicité d'autrefois, de ce cours silencieux et paisible des jours, sans éprouver comme un vif regret d'être entraîné soi-même dans le courant tumultueux de la vie des cités. Sur tout, on ne s'avoue pas sans amertume que cette destinée nous fût elle offerte, l'on ne saurait ni l'accepter, ni s'y plaire. Et pourtant, que d'ennuis, que de soucis, que de sottes passions ou d'absurdes désirs, que de factices malheurs, ignorent ces deux bons curés de Cédumes, qui peuvent ainsi en couler les longues heures de la matinée à combien lentement les coups bien innocents d'une tranquille partie de dames! Nos divertissements, nos joies, valent-ils donc cette quiétude, ces sobres amusements, ces sereins loisirs? ou bien, assujettis à la commune loi, ces deux curés nous envisagent-ils à leur tour comme étant mieux partagés qu'ils ne le sont eux-mêmes, et se dévorant-ils en regard des biens dont ils nous supposent pourvus, ceux que nous leur envions! C'est possible. Pourtant c'est parmi les hommes simples, tels que paraissent l'être ceux-ci, qu'on rencontre d'ordinaire les cœurs paisibles et contens, les philosophes pratiques, très différens des philosophes raisonneurs et communément bien plus sages.

De Cédruns, nous nous acheminons sur Dissentis, cet endroit où, en 1839, retenus pendant quarante-huit heures par d'affreuses pluies, nous vécûmes de pain noir et de petits cochons au sucre. On aime à revoir les lieux où l'on a mangé tant de petits cochons au sucre, aussi entrons-nous à la Maison commune. L'hôte a changé, mais la déesse Thémis est toujours là, pendue au plafond, dans la salle, et le fauteuil de justice aussi, debout sur ses quatre pieds, qui présida à tout ce qui se présenta.

Au moment où nous quittons cette maison, voici que du couvent, qui n'en est pas éloigné, se fait entendre un mâle et pieux concert de voix harmonieuses: ce sont les pensionnaires qui chantent sous la direction des Pères. Il est midi, pas un bruit ne trouble le silence de la vallée; le village lui-même est désert d'habitans, cette musique seule remplit les airs de ses invisibles accens et semble être comme la voix elle-même des bois, des montagnes, des cieux glorifiant leur Créateur. Chacun de nous, demeuré à la place où l'ont surpris ces chants, écoute avec ravissement. Bientôt l'hymne cesse, nous continuons de marcher, et, comme un mélodieux murmure, nous accompagne bien des momens encore.

Quand on voyage, le déplacement des impressions, l'interruption des habitudes, font paraître vives et neuves des choses que chez soi l'on aurait peu remarquées peut-être. Mais quand on voyage à pied, cette heureuse disposition s'accroît encore, et les plus simples spectacles deviennent aisément une source d'admiration vive et enthousiaste, de joie forte et expansive surtout. Tandis que déjà la marche électrise, ou que la fatigue fait trouver du prix aux moindres occasions de s'étendre sur le gazon, ou de se choisir un ombrage, le simple inattendu (et combien de choses sont inattendues) provoque bien vite la surprise, qui au fond, n'est pas distincte de l'impression que fait éprouver la nouveauté. Mais une autre cause meilleure et plus active, concourt au même résultat, c'est cette liberté, ce bien-être que contracte l'esprit passagèrement nettoyé de soucis, délié de chaînes, et qui, durant les longues heures de marche, s'assainit, s'anime, s'élève et devient réellement plus propre à goûter avec simplicité le beau et le bon. Plus de ces dédains que le bon ton conseille ou commande, point de ces blâmes mensongers ou de ces fades louanges que dicte la vanité, point de ces présomptions d'amour-propre ou de fatuité qui empoisonnent presque tous les divertissemens de salon et de Casino, et, à la place, une naturelle disposition à accueillir le plaisir en quelque degré qu'il s'offre, de quelque côté qu'il se présente, et à l'accueillir comme on fait un hôte généreux, dont la reconnaissance est l'unique, l'aimable salaire. Et voilà pourquoi, lecteur, cette musique de couvent nous paraissait ravissante, bien préférable à des symphonies bien plus belles! Voilà pourquoi tant de choses ordinaires vous sont ici présentées comme admirables: elles le furent réellement pour nous. Voilà pourquoi l'on finit par se passionner pour une façon de voyager qui semble au premier abord bien sujette à de rudes fatigues et à de dures privations; pourquoi l'on entrevoit avec tristesse l'heure de quitter ces amusans labeurs, et ces privations volontaires. Hélas, assez d'autres, et sous vos yeux cherchant sans l'y trouver, leur plaisir dans les objets extérieurs, s'imaginant que ce n'est à ces objets de réveiller l'admiration dans un cœur blasé, où la joie dans une âme assoupie, nous croyons, nous, qu'il faut au contraire apporter aux objets extérieurs le tribut d'un esprit éveillé, joyeux, libre et sain; alors ils se chargent du reste; et on ne se sépare enchantés les uns des autres.

De Coire à Dissentis, nous avons voyagé en compagnie d'un brave homme qui chassait devant lui une truie pleine. De Dissentis à Truns, la même homme, se retrouve devant nous, et la même truie; mais elle n'est plus plaisante; le particulier porte sur son épaule un sac où crient, à chaque fois qu'il s'étonne, une multitude de nouveaux-nés. On lui fait donc porter ni tout ni rien à règle.

Déjà l'avant-garde est à Truns, où David tâche de faire entendre au Landammann qui tient l'auberge que nous sommes vingt-deux affamés, et que, s'il n'y prend garde, nous le mangerons lui et son poulailler. Le Landammann répond qu'il a quatre matelas, et qu'on pourra souper dans un quart de heure. En attendant, nous allons visiter à quelque distance du village l'antique érable sous lequel, en 1424, les représentants

de dix-sept districts de la haute Rhétie prêtèrent serment de la Ligue Grise. Cet arbre vénéré existe encore (voir le croquis), mais réduit à une souche tronquée qui supporte un rejeton vigoureux et sain. On l'a entouré d'une balustrade, et tout auprès s'élève une chapelle qui a été construite en commémoration du serment.

Le quart de heure étant écoulé, nous retournons à notre Landammann, véritable ogre, celui-là, tout en bouche et mangeurs, mais ogre hypocritement gracieux, doucereusement tendre, tout palpitant à la fois de mielleuses tendresse et de voracité famélique. Bien sûr, quand il tient une chair fraîche, il doit mal étouffer qu'avec ses caresses, pour la manger, les yeux levés au ciel. Heureusement David l'ordre d'exigences, notre nombre lui impose, et, en attendant qu'il est de songer à notre auberge bien plus qu'à la sienne, il faut la plus drôle de figure du monde.

Le souper est servi dans une chambre basse, où force portraits pendus au clou nous regardent faire. Ce sont des Landammanns et des Landammannes, tous au teint rose, à la bouche grande, à l'air Truns, reinwensch et Cedrum. Notre ogre, illustre rejeton de ces drôles d'ancêtres, n'imagine point déchoir en nous servant à chacun un brouet rare et clair, plus un petit morceau de pain par là bon-bon brodet. Arrive pourtant un jambon, mais sans David que sa présence d'esprit a dès s'en emparer et de le dépecer bien vite, nous n'aurions fait que l'entrevoir. Deux assiettes de cerises cuites ferment ce souper, qui porta notre faim à son comble.

« Nous gagnons ensuite nos quatre matelas. Partout pendus au clou, Landammanns, Landammannes, grisons, grisonnes, ligues et districts.

Ce matin encore, brouet clair, pas de pain, un peu d'eau, et le Landamann qui nous invite gracieusement à nous régaler, absolument comme fit à la bonne cigogne, maître renard. Après quoi il faut payer. C'est l'homme où le drôle a doublé de soins, roucoule de joie et, d'un si suite caresse de sa griffe fait à la Bourse Commune une large entaille à la gorge. Nous payons pour nous, nous payons pour notre guide, nous payerons encore, n'était la faim qui nous presse de fuir vers Glaris où nous espérons déjeuner.

De Brunn jusqu'à moitié chemin d'Glaris, on suit la rive droite du Rhin. La route est ici ne praticable pour de petits chariots, au reste agréable, pittoresque, construite en chaussée le long du fleuve, et fait exprès pour jouer au dolecour. Mr Töpffer continue de gagner par tie sa partie. Peu d'habitants, mais partout des petits cochons qui animent le paysage, bordent le chemin, gazouillent sur les rives, ou font dans les flaques leur toilette du matin. Quand un petit cochon, deux petits cochons, voient venir un touriste, au lieu de s'écarter du chemin pour le laisser passer, il se mettent invariablement à trotter devant lui, sans que l'idée leur vienne jamais d'en fuir ou en tournant dans les bois, ou en se rangeant dans le fossé; c'est ce qui est cause que, de Brunn à Glaris, nous avons chacun devant nous deux petits cochons trottans. La chose ne prend fin que lorsque les petits cochons voient à l'opposite un autre touriste venir sur eux alors, sollicités par deux forces contraires, la résultante les sauve en trébuchon et les tire dans le pré. Telles sont les choses que nous avons pu observer sur les mœurs et usages des petits cochons.

Glaris n'arrive ni ne se montre, et nous commençons véritablement à craindre qu'il n'y ait erreur dans notre Seüs géographiques; du reste aucun moyen de nous en retirer.

car les petits cochons sont muets, et les gens parlent romonsch. Médard seul trouve en un lieu écarté un curé qui l'apostrophe en quelque chose de latin; sur quoi, après y avoir mûrement réfléchi, Médard a cru que chose s'approchent, et l'entretien en reste là. C'est qu'il faut savoir qu'aussi nous prononçons notre latin en français, ces curés là le prononcent en romonsch, en telle sorte que deux latinisans, quelque vicerusions qu'ils soient, peuvent fort bien se paraître l'un à l'autre un mauvais drôle qui demande en algonquin la bourse ou la vie.

Enfin voici Ilanz, joli bourg à cheval sur le Rhin; voici l'auberge où David s'escrime à faire comprendre que, nous crevant de brouet clair, nous allons expirer si l'on n'y prend garde. L'hôte paraît saisir quelque chose de l'idée; car voici venir un arrosoir de café, trois petits pots de lait, quatre œufs de bourre, passablement de pain poissé et une sorte de Kirschwasser couleur de fin gras nacré, transparence de miel, bouquet d'œillet, rare, comme tout ce qui est précieux, ou plus exactement peut-être précieux comme tout ce qui est rare. Notre hôte d'ailleurs est très bon homme et assez élevé dans l'échelle pour savoir s'honorer de notre appétit.

On charge ici les sacs sur un petit chariot, et sur les sacs on attache Léonidas qui s'endort immédiatement; c'est dommage, nous l'avons dit, manière excellente d'ailleurs pour un homme fatigué de son âge, et qui seule lui a permis de faire une excursion si laborieuse, sans éprouver le plus petit malaise. Il faut en vérité que les proverbes "qui sont durs" sont littéralement vrais; car quelques-uns d'entre nous, Saübeire, un autre et Léonidas, de ma trente six dîners, en ont certainement usé trente plus de vingt-quatre, sans s'en trouver plus mal, et plusieurs qui n'ont pas essayé s'en seraient trouvés à merveille peut-être.

La vallée, à mesure que l'on descend, devient de plus en plus belle. Des herbages nous de l'Oberaly, nous nous sommes insensiblement approchés des croupes boisées que domine le couvent de Dissentis, puis des champs déjà plus doux et plus fertiles, où éclate de temps et le patriarche d'autres érables, semés par bouquets sur la lisière des terres, ou au milieu des sapins. Au sortir de Trunz, la vallée d'Ilanz nous paraît riche, populeuse; la végétation plus variée; plus fruitière et l'on éclaire, nous allons contempler tout à côté des pays gai les plus doux et les plus frais, de profonds et stériles abîmes, au fond desquels le Rhin qu'il les a creusés, coule en maître ses flots impérieux; et semble un barbare conquérant qui pour régner toujours, ravage et dévaste sans cesse. Puis, sur les pentes crayeuses de ces abîmes, une végétation italienne, des pins au feuillage noir, svelte, aux branchages fauves et tourmentés, de délicats arbustes, ou des festons de lianes flexibles. Certes, ce sont là de ri... elles spectacles, et très différens de ceux que nous ont offerts les vallées bernoises. Ici le paysage est plutôt méchant que grandiose, et à la place de cette étoile profondeur des vallées de l'Oberland ou du Hasli, ce sont des plateaux ouverts, dont les plans, au lieu de se dresser toujours vers le ciel, fuient doucement vers l'horizon, et donnent parfois au paysage ce délicat attrait des lignes mouvantes et lointaines qu'on ne vient pas d'ordinaire chercher en Suisse. Deux heures avant d'arriver à Richnau, commence une région, où un peintre trouverait mille sujets d'étude, et des motifs de paysage si intéressants et neufs.

Il y a une route qui descend dans cet abîme dont nous venons de parler, et y en a une autre qui les tourne. Par bonheur nous voici, outre un naturel qui porte une seize mottemeutes en faisant se paraît, un particulier qui parle français. — Laquelle, Monsieur, faut-il prendre? — "C'est à savoir. L'une est plus longue, mais l'autre est aussi courte. Quand je vas à Coire, moi, je prends celle d'en bas. Je prends aussi celle d'en haut; vous ferez bien de vous y tenir, elle est mieux tracée et l'autre aussi." C'est tout ce que nous pouvons tirer de cet irrésolu. D'autre part, l'homme à la bêche qui arrive de Richnau; nous donne d'excellents conseils, mais en romonsch. Nous prenons par en haut.

De Tavos à Mayz, on compte quatre lieues, et ces lieues grisonnent; de Mayz à Coire on en compte sept. C'est beaucoup. Mais le pays est montueux et accidenté; le voisinage des abîmes nous rassemble, on trompe, l'on est, l'on jase, une grande guerre s'allume entre Plantier et M' Töpffer ensuite que nous marchons sans nous en apercevoir presque. A Walshausen cependant, à l'entrée d'un bois, nous faisons halte sur une belle pelouse, où une bonne femme nous sert à la ronde un petit vin renommé qui a un accent furieusement brusque. Pour le boire, on se rédime à l'herbe, on marchande de son voisin. Pour payer ce vin, M' Töpffer donne cent sous, on lui rend en blockers une fortune tout entière; les blockers sont des fractions de centimes. — Et que peut-on bien acheter avec un blocker, Madame! — Un verre de schnaps. Ainsi l'eau de vie, cor-poison du pauvre, se fait mauvaise, se fait petite, pour qu'il puisse, s'indignent qu'il soit, en faire un vice. Dans plusieurs de nos belles vallées, c'est l'eau de vie qui décime des populations robustes, c'est l'eau de vie qui porte le vice là même où sans elle il n'aurait pas d'accès, dans les hameaux écartés, dans les chalets perdus des alpes.

De cet endroit, nous poursuivons tout d'une traite jusqu'à Rickman où nous arrivons au coucher du soleil. Deux lieues encore nous séparent de Coire. M' Töpffer loue un char quinze portraits éclopés. Rickman; c'est l'endroit où Louis Philippe a été maître d'école dans une salle que l'on peut se faire montrer. Aussitôt Plantier se transporte sur les lieux; il frappe, on ouvre: "Je suis Français, Madame, et à cette oxé-je... Xi. Plantier entre, examine, prend son tour, puis il rejoint..... Mais voilà que sa place d'éclopé est partie avec le char. "Ah c'est ainsi, dit-il, eh bien en route! je n'ai plus qu'une jambe!" En vérité, avec du ressort, un peu de belle humeur, et un grain de crânerie, tout s'arrange, tout vient à point, et les petites infortunes elles mêmes transformées en sujets de rire, ne servent qu'à grossir le sac des jolis souvenirs. Il n'en est pas moins vrai que Coire est situé beaucoup trop loin de Rickman. Va à cinq heures, mais dès la seconde, toutes nos jambes se déloquent, tous nos jarrets se débrident, et un inextinguible désir de repos nous sollicite de multiplier de plus en plus les courtes haltes. Enfin, enfin, voici la porte, voici la rue, voici l'hôtel, l'escalier, la salle, où chacun tombe sur une chaise, pendant que Plantier s'évanouit s'évanouit. XXX et l'eau fraîche, du vinaigre, un bon lit!.... Tout à coup Plantier ressuscite, fend la foule de ses opérateurs, et s'en vient radieux et affamé prendre sa place à table.

Neuvième journée

Coire est une petite ville, jolie par sa situation, intéressante par son histoire, sa cathédrale, et par un caractère de simplicité aisée et bourgeoise. Les habitants ont l'air intelligents, industrieux, et pour encore politiquement sa moralement aussi gangrénés que ceux de quelques autres capitales de Canton. Ainsi l'on n'y voit pas d'examinateurs qui se pavanent au café, pas de législateurs au restaurant, pas de contribué faisant un brûlot à la bouche, la leçon à la Diète, et leur comme à leur gouvernement. Les marchands de bas y font des bas, les paysans n'y font rien, les étrangers ne s'y mêlent pas, et les choses n'en vont pas plus mal. L'on n'y voit pas non plus, alors que le pays prospère sous une administration régulière et débonnaire, des pères de famille s'associer, des publicistes s'improviser en tout espèce pour démontrer que cette race cachée sous sa robe de bonne femme une multitude d'engins destinés à empêcher les citoyens d'élire, les quais d'être alignés au niveau, les horloges de rendre des montres, les pauvres d'être riches, et les avocats d'être landamans.

Voilà que nous observons à Coire, bâtiment il est vrai, moitié de notre lit, en faisant à cause des fatigues de hier la grasse matinée, moitié du pavé de la rue, en allant à cause des fameux de la ville, nous pouvons chez le chacontier du cœur d'un succès ou de sûreté. Que ne pouvons-nous acquérir le fonds tout entier de ce brave homme ! nos estomacs le voudraient, mais nos épaules s'y refusent.

Vers dix heures, l'on part. La chaleur est étouffante, concentrée, comme sont quand elles s'y mettent les chaleurs des vallées ; puis, un escarpement se présente, qui comple les zigzags de la route. Aussitôt de nous y engager. Demain de ménévire de rampe, pareilles sueurs, arrivés au sommet, nous voici fondus, évaporés ; et nous éblouis, nos chapeaux nos figures, en pleine bassine. Nous nous dirigeons sur la haute Engadine, par le passage du mont Julier que nous franchirons demain. La route s'élève insensiblement, et nous allons prendre de nouveau par degrés, cette vie et belle végétation que nous venons de retrouver dans la vallée du Rhin. Tant mieux; c'est cette continuelle variété d'impressions, ce sont ces changements qui divisent des scènes, et presque des saisons, qui font l'agrément principal des excursions alpestres. Aujourd'hui des neiges, demain des figues.

exactement à la façon des grands quelqu'un ambition exposés à être inhumains à leur intez, ou me doui sans s'en douter. Au fond qu'est-ce qu'un page, qu'est-ce qu'un prince, à côté d'un maître cocher. De ne tache que le courrier d'un comté reste ou d'une famille nous, qui sont plus prince qui sont plus page qu'un maître cocher.

Buvette à Lenz. L'hôte est là qui, une plume à la bouche, un long papier devant lui, compose et suppute en partie double toutes les diers pièces que nous livrent les femmes. Atrocissimus, dit Saatès, nefarum cum clamor oxebatur, ce qui signifie que les cris du pain! du fromage! du fromage! du pain! hurlés en cadence avec un accent de famine et de dispoir furieux par épouvantés ces femmes, par subjuguer cet homme... tous apportent avec douleur et tremblement ce qu'ils ont de vivres, tous donnent jettent prodiguent comme si le monde allait finir dans une demi-heure. Nous éprouvons quelque soulagement.

On paie cher et l'on repart vite. En ce moment passe devant le seuil de l'auberge un paysan qui vient de gravir les pentes que nous allons descendre; le brave homme harassé et couvert de sueur, s'approche d'une fontaine, saisit le goulau.... Hé! holà! hé! lui crie-t-on. Il lâche le goulau et regarde. Puis il saisit de nouveau le goulau. Hé! holà! hé!.... Cette fois, sans y rien comprendre d'ailleurs, il s'abstient tout de bon. Alors on lui montre une chopine, ou la lui paie, et il comprend du premier coup qu'il faut s'abstenir.

De Lenz, il s'agit de descendre jusqu'au plus bas d'aces profondes crevasses dont nous parlions tout à l'heure. Alors, laissant le chariat serpenter au loin sur les circuits sans fin de la route, nous coupons en courant au travers des prairies, et en moins de quarante minutes, nous voici au fond de l'abîme, tout pleins d'ardeur pour remonter les pentes opposées, sur lesquelles, des hauteurs, nous avons eu soin de marquer d'admirables spéculations à faire. Durant une petite halte, M. Töpffer dessine pour le reproduire ci-contre, le rocher de Tiefencastel et son Église séculaire, tandis que Dumolez pour mieux boire, tombe dans la fontaine du village, au grand amusement de tous les remueurs présents. Après quoi, en route! Toutes nos spéculations réussissent. Les croupes sont promptement escaladés; voici les parois des rochers dont on longea la base en s'enfonçant dans une gorge sombre. Le vent qui balaie éternellement ce passage, balaie par la même occasion le chapeau de Fairbairn. Fairbairn, d'abord stupéfait de cette brusque

indication, contemple avec amertume son couvre-chef qui tournoie dans les airs, s'amincit comme un météore et finit par disparaître dans les ténèbres du gouffre...

... ou lui imposât un bonnet de coton.

L'on rencontre de temps en temps, dans les vallées des Grisons, non pas des pendus précisément, mais des potences qui, élevées sur des tertres stériles à droite ou à gauche du chemin, ne laissent pas que d'assombrir un peu l'imagination du passant. Nous en voyons deux aujourd'hui; la seconde se montre à l'heure du crépuscule, et prédispose aux contes noirs. Plantier traditionnel, Mr. Töpffer aussi et d'autres. Dans ce lieu, du reste, et à la place, une route incertaine, des marécages de ci, des bois de là, plus loin des roches douteuses, des creux indistincts, tout ce cortège enfin de petits et de gros fantômes dont l'imagination peuple si volontiers les ténèbres. Plantier déjà ne traditionne plus, ni Mr. Töpffer, ni d'autres, et le bruit cadencé de nos pas nous sert d'orchestre suffisant, lorsque tout à coup, voici venir une troupe de brigands excessivement féroces! . . . . C'est David qui vient nous apprendre qu'arrivés à Mortлиное, il ne nous reste plus qu'à entrer à l'auberge où déjà s'ennui notre troupe et se posent nos ratures.

Lacs de Sil

Ce matin, nous éloignons de l'air des chèvres: c'est très agréable. Ainsi n'était la nature du pays et le remords de nos hôtes, nous pourrions nous croire chez ces chevaliers de la Sierra Morena que Don Quichotte, à propos de glands, régala d'un éloquent discours, tout rempli de folie et tout aimable de sagesse. Et à propos de Don

Quichotte, vous arrive-t-il comme à nous, lecteur, quand ce digne homme se livre ainsi à la poétique effusion de sentiments et de pensées qui n'ont réellement de fin que leur noblesse et leur générosité mêmes, de vous demander... Est-ce lui qui est fou et ce n'est moi? Vous arrive-t-il d'avoir honte, d'avoir regret, de vous trouver plus sage que Don Quichotte? Vous arrive-t-il enfin de chérir dans ce personnage le bon cœur de Cervantes, son humanité, sa haute raison, et de considérer combien tout aussi souvent comme un aimable exemple de droiture, de chaste passion, d'enthousiaste amour pour la justice et pour la vertu, que comme un risible exemple des travers et des dangers de l'esprit de chevalerie!

La chevalerie... Ah! Cervantes, Cervantes, si de votre temps elle n'eût été, m'assure-t-on déjà morte, je ne vous pardonnerais pas de l'avoir tuée! Chose grande en effet, que celle qui dupa avec tant de puissance par un si vigoureux génie, conserver, écroulée, cette misérable majesté des augustes décombres! Chose rare que celle dont la beauté survivant aux prisons du ridicule, captives, se fait chérir jusque dans celui-là même qui est destiné à en être la charge bouffonne! Car, enfin, n'est-ce pas, lecteur, s'il s'empara de votre affection et de votre estime, tout aussi irrésistiblement qu'il excite votre rire, c'est bien que tous ses sentiments témoignaient de cette abnégation, de ce dévouement, de ce généreux courage, de cette élévation morale, qui furent les attributs mêmes de la chevalerie; c'est qu'un pareil homme, avec bien moins de raison que le sage, a néanmoins plus de grandeur, avec bien moins de règle, plus de bonté, avec beaucoup d'extravagance, infiniment plus d'attraits et de charme.

En surplus, il y aura toujours de par le monde quelques Don Quichotte. Il y aura toujours d'heureux martyrs d'une bonté gauche, d'une petite maladroite, d'une trop haute pensée; ingénuité rebelle amis dupes de leurs illusions généreuses, des êtres excellents qui pour prix de leurs douces et affectueuses vertus, n'attraperont que brutalités et haines. N'en connaissez-vous point, lecteur, moi j'en connais et j'en nomme: ils sont fous, mais l'élite encore de l'espèce humaine!

Non loin de Mullinion, nous croisons une sorte de vieillard écrit, chevelu, barbu, couvert de haillons, qui chemine en compagnie de sa vache. La vache continue de che-

miner, mais le vieillard s'arrête, regarde à nos visages, à notre air, à notre nombre, et le voilà qui se livre à une joie que nous portion à son huitième emballés, rien qu'en faisant pleuvoir dans ses grandes mains calleuses les thalers infinis qui ouvroient et salissent nos poches. Autant de petits verres de schnaps peut-être, que nous dit-son-là! Mais qu'y faire? se disoient de schnaps, il fallait s'abstenir de répandre sur son chemin de pareilles félicités. Les voyages, ma foi, y ramènent de leur bouquet. Partout, mais surtout dans ces pauvres contrées, on rencontre, non pas des paisans qui nous dient, mais des laboureurs qui, assis sur une pierre, traînés au coin d'un arbre, ou marchant à la queue de leur troupeau, nettement ni nos prient, nu nous boivent, si ce n'est aux claires fontaines. Le moyen alors de ne pas surprendre ces bonnes gens par la délicieuse aubaines d'une pincée de blankens; sans compter que si c'est magnifique, c'est pas cher, on n-dit le proverbe. Au surplus, notre écritain d'aujourd'hui, faute d'une poche à son habit, serre toute sa fortune dans la creuse de sa main, preuve qu'il n'est pas un mendiant. Le mendiant, en effet, a toujours une poche, et de toutes les parties de son vêtement, c'est la seule qui ne soit pas trouée.

Ce que nous gravissons aujourd'hui, c'est le mont Dulien, qui ne se trouve point être de prix à ce que nous nous étions figurés de loin; un mont hardi, escarpé, dont la cime altière porte deux gigantesques colonnes que Jules César en personne aurait fait dresser pour y être à la fois et au travers des siècles de fameux au milieu des glaces, et un immortel monument de son passage. Le mont Dulien est un col désert, où se dent une pente longue mais douce et sans escarpements. Défaire pâturages bordent la route, et près du sommet seulement, des morraines de rocs entassés forment comme de stériles promontoires qui barrent le passage. Tantôt on escalade ces monaires, tantôt on en double les sinuosités. C'est dans le soir le plus abandonné de ces sauvages solitudes, que nous trouvons cinq ou six hommes qui guettent au palet. Quelles figures, grand Dieu! Absolument des bandits affamés qui jouent la bourse et la vie du premier passant qui se présentera sur le seuil de leur repaire. Nous hâtons le pas, et voici tout à l'heure le sommet du col. Deux troncons de granit, de la forme et de la hauteur d'une borne milliaire, s'y dressent des deux côtes de la route, ce sont là ces fameuses colonnes Juliennes dont nous nous entretenons depuis deux jours. Cazaly s'assied sans façon sur l'une des deux; les autres

Les Colonnes Julliennes.

Nous voici à St Moritz. Il s'agit maintenant d'escalader les pentes du Val Viola pour redescendre sur Bormio, où, sur la foi des itinéraires, nous comptons coucher ce soir. Par malheur, personne ne sait ici où que nous voulons parler : avec notre Val Viola et les guides nous offrent de nous conduire partout ailleurs que là où nous nous étions proposé d'aller. Il faut bien à la fin accepter leurs offres, et plutôt que de s'engager dans un passage inconnu ou peu fréquenté, Mr. Töpffer se décide à passer la Bormina pour entrer dans la Valteline et, de là, remonter l'Adda jusqu'à Bormio. Deux jours au bien d'un. De plus on plus nous nous demandons. Voil' on Venise ?

Ce n'est pas tout. Voici que dans ces environs l'on se la plue tombée aussi par torrens, et qu'au réveil nous sommes salués par un bruit des grandes eaux où se noie tout de nouveau nos projets et presque nos espérances. Il ne sert de rien de s'en affliger. Le les arts c'est la pure. Lettres, dessin, billard, et les légions des baigneuses baibus, qui la pipe à la bouche nous regardent faire. Mais vers neuf heures, comme nous sommes à séjourner, tout d'un coup la salle s'illumine, c'est un rayon de soleil ! Vité alors, projets et espérances, rehaussent d'un éclat soudain; l'on voit Venise; tout au moins l'on s'y achemine.

C'est aujourd'hui dimanche. Lettres et baigneurs sont vêtus de frais, de hameaux éloignés les cloches se répondent, la prairie elle-même, tout à l'heure triste et blafarde, s'habille de riantes verdures, et les petits oiseaux ont repris leurs jeux. Qui est doux, attrayant de voyager à cette heure, sous le charme de ces impressions, et échappés que nous sommes de cette presse où enfoncé en un ciel jaloux menaçait de nous claquemurer! Aussi l'on marche avec une allégresse vigoureuse, l'entretien marie s'anime; c'est à nous voici en train déjà de trancher au pas de course de toutes les grandes questions : la politique européenne, le Jury, la Presse, et aussi le journalisme, cette invention qui livre la tribune du monde à tous les hommes de talent, de lumières, de principes, et en même tems à tous les quidam, à tous les ambitieux, à tous les brouillons, qui ont aux mains des nouveaux une arme dont ils menacent, flattent, oublierent impunément les honnêtes, qui donnent à des misérables l'exploitation à tant la ligne du scandale des vengeances, de la calomnie; et qui déchaînant incessamment contre les supériorités d'intelligence et de moralité, la populace irascible des vengeurs gagés, entretient au sein des villes, et pour le bien de la chose, une terreur au petit pied. Ici ou m'explore, ce n'qu'une opinion individuelle, rétrograde, blâmable, mais vraie, sincère et juste quand même.

A deux lieues de St Moritz, dans une aire très-riga tout d'italienne, nous traversons le joli hameau de Pontresina, bien surpris de trouver là une église et des protestants en dimanches qui sont et du prêche ni plus ni moins que le gens de l'Oisne ou de Cologny. Ces vrai vingt ces petits nids de protestantisme épars dans cette catholique contrée, ont l'air d'avoir été bandés jusque-là par quelque vent d'orages, et l'on n'échappe pas à cette sorte d'étonnement qu'éprouvent les voyageurs qui visitent l'Abyssinie. Ils trouvent là des mots qui se gorgent de viandes crues, et ils ne savent trop s'ils ont devant eux des cannibales ou des correligionnaires.

Au delà de Pontrésina l'on commence à monter les premières pentes du Bernina. Tout ici s'appelle Bernina: ces glaciers, ces aiguilles, ce vallon où nous sommes, ces trois maisons assises sur le premier plateau, dernières habitations que nous rencontrions sur ce revers. Nous entrons dans celle qui porte enseigne. L'on n'y trouve ni pain, ni beurre, mais soixante-douze biscotes qui disparaissent bien vite. Les biscotes sont des espèces de brioches d'un certain âge, très bonnes en vérité, mais qu'un nez s'attend qui ne se trouve si haut au-dessus de la mer. Du reste nos hôtes se trouvent être des rechignés, qui nous louent de mauvaise grâce un mulet relifé, éconduit par un mauvais drôle tel. Cependant à la prédiction de n'être pas payé, partisan, en conséquence il se refuse à changer même du plus petit de ses sacs ses énormes épaules. Nous lui soutenons, nous, qu'il est payé, mais payé mal complaisant, ce qui n'est, après tout, qu'une variété de l'espèce.

Lacs del Bernina.

Comme hier, une aurore, et comme hier aussi, un prompt retour du soleil. Au mesure que nous nous élevons, la contrée s'emprunt de grandeur, de majesté, et insensiblement ce passage du Bernina prend rang à nos yeux parmi les plus remarquables que nous ayons encore franchis. À gauche des Val Bidas tant qu'on en vient, à droite, une paroi de rochers flanquée d'imposants contreforts, armée d'aiguilles sans nombre, et des glaces qui s'échappent par toutes les échancrures, descendent d'échelons, et s'antôt rencontrant le vide à mi-hauteur, s'y détachent par bloc et tombent en avalanches, tantôt encaissées dans une étroite crevasse atteignent aux pentes douces, s'y déploient, et viennent appuyer leurs dernières assises jusque sur le plateau que traversent nos microscopiques personnes. Ce spectacle se répète, plus sévère encore dans les eaux sombres d'une multitude de lacs qui, dentelés de mornes promontoires, barrés de presqu'îles de pierres, se succèdent à perte de vue le long du plateau, et font ressortir, par la tranquille harmonie de leurs lignes basses et fuyantes, le tumultueux cahos, l'irrégulière audace des parois abruptes qui sur d'eux qu'il les donnent leurs ondes. Du reste, ni arbre, ni chalet, ni

vue, à peine un chemin, et des torrens vomis par les glaciers, qui courent bruyamment se taire dans les anses prochaines. Un de ces torrens nous oppose de sérieux obstacles. Trop fougueux et trop profond à sa source pour que nous puissions l'y franchir, il se divise plus bas en rameaux innombrables, moins profonds à la vérité, mais trop larges encore. Les plus hauts fondus s'autent d'îlot en îlot et arrivent ainsi sur la rive opposée, tandis que notre payeur fait de si à bête un pont marchant pour les autres, arrivés à l'extrémité du plateau nous y voisons deux jeunes hommes grands, beaux, silencieux, qui ne sentent lentement, le manteau réglé sur l'épaule. Ce sont des pâtres Bergamasques qui se rendent sur les hauteurs pour visiter les troupeaux qu'ils y ont conduits au commencement de l'été. Rien de plus pittoresque, rien de mieux en accord avec cette nature qui nous entoure que ces deux belles figures, symboles de simplicité et de vigueur, de mâle fierté et de sauvage mélancolie.

Mais à peine avons-nous atteint le revers du Bernina que ce sont bien d'autres merveilles encore. Voici tout à l'heure déjà les mélèzes, une riche verdure sur la dernière fondante avalanche qui tombe avec fracas des cimes mêmes du glacier, puis, tout au loin, tout au bas, au delà des croupes fuyantes dont le regard rase les sommités, une scintillante bourgade, des rives fleuries, un lac éclatant, des champs dorés, le doux sourire d'un soleil plein de sérénité : c'est la petite vallée de Poschiavo. Une halte est commandée pour jouir de ce spectacle. Mais en cet instant passe un naturel aiguillonnant une vache qui va, la vache tout à secouer la queue dans sa main. Il y a dans ce naturel tant d'innocente bêtise, tant de machinale quiétude, se mêle à une naïveté, que ce spectacle nous distrait de l'autre. De ce le figure cheminant ainsi de Porchiavo à Poschiavo, seul, sans regards, sans parole, sans idée, se accomplissant cette queue en main, son petit bonhomme de mouvement diurne, tout aussi innocente quelles autres perdus qui tournoient sous le cinquième ciel.

Plus loin, c'est un particulier de Poschiavo qui nous accoste. Un parapluie sous le bras, il descend d'une Alpe où il a été visiter sa jument, jolie bête, dit-il, quinteuse un peu, mais sage d'ailleurs, et qui ne s'emporte que quand elle a peur. À son air comme à ses propos, l'on voit bien que, petit rentier municipal, gros de l'endroit, joui sous d'un parapluie et d'un mouchoir de poche, ce mortel-là est aussi l'un de ces oisons heureux auxquels, si nous étions sages, nous porterions envie.

C'est un que nous annonce que si nous allons à Brusio, ce soir, nous logerons chez le père Trippo, pas quinteux, mais sacré comme une borne et honnête comme un ancien. Dire verbomane, le père Trippo, la mère Trippo aussi, et le père enfin, tous les Trippo pareillement. Et puis voulez-vous être bien ? Allez chez les Trippo : de père en fils on y est mieux !

Poschiavo, sur la frontière de la Valtelline, est un bourg mixte. Mr Töpffer veut savoir si les deux cultes y vivent bien ensemble. — C'est selon, nous en entendrez bien. Quand on accorte les chèvres, elles se content. Que les bergers le veuillent, les troupeaux se mêlent, et chacun en aura plus d'herbe. Exempt, je m'arrête ici pour boire une chopine. La dessus notre particulier, qui avant apparemment de s'être compromis, entre au cabaret. Après une heure de descente, nous faisons notre entrée à Poschiavo. C'est dimanche. Oreilles et curés sont bien le placés. Cette foule nous entoure, nous presse, nous regarde aussi ardemment que si nous étions le capitaine Cook et Banks et Solander les incomparables.

Assis sur la grand place de Poschiavo, comme un parti de conscrits qui rejoignent, nous y attendons que David ait trouvé quelque char à tour pour y charger nos sacs et deux éclopés. Sur le mailleur un petit aubergiste gribble, qui se propose de souffler ces gens le père Trippo ne vaut rien, ni son auberge, et notre particulier de tout à l'heure qui vient à passer dans ce moment, au lieu de protester de toute sa force, ne fait pas mine seulement de nous reconnaître, mais s'éclipse tout doucement, avec la cauteleuse prudence d'un petit gros de l'endroit qui estimé s'être gravement compromis en parlant des deux cultes. A la fin David attrape un chat et ne le lâche plus. En voiture alors! et nous sortons gaîment de la ville. Mais à peine sommes-nous dans les champs que voici des deux côtés de la vallée, hommes, enfants, fillettes qui quittent les hauteurs, coupent par les prés, gambadent à l'envi et viennent se ligner le long de la route comme pour voir passer le Roi, la Reine et la Cour.

A la tombée de la nuit, nous atteignons la rive de ce ... lac que des hauteurs de Barema, nous avons vu resplendir. Est-ce bien le même? Ce rivage ... est froid, sévère, mystérieux; la rive opposée bien que prochaine se perd derrière les voiles ... dans un crépuscule; on croit la réalité qui désenchante ... les illusions du cœur, ou encore, cet avenir que nous atteignons chaque jour, et qui chaque jour ... les rêves du passé. Mais ces réflexions philosophiques échappent complètement à Marcel, qui pour s'être trop régalé de pêches de Poschiavo, s'attarde, se laisse perdre de vue, puis se met au galop pour nous apporter lui-même la nouvelle de sa guérison, en même temps que celle de sa maladie.

La vallée est déserte, les ténèbres sont épaisses, nous marchons serrés les uns contre les autres, lorsque quelque chose tantôt se met à chuchoter derrière nous, tantôt nous conduit avec rudesse. Pas du tout gai. Plus loin, ce quelque chose prend la forme de quatre hommes qui nous arrêtent, et qui déjà portent la main sur nous, lorsque notre père Trippo paraît sur son seuil, une lumière à la main. A nous alors d'arrêter nos brigands et de les dénoncer au père Trippo, qui sourd comme une borne, ne comprend que ce que ce soit, ni à nous, ni à ces hommes, ni à la chose ni à une autre. Epouvantés et furieux, nous entrons dans la salle, où sous notre dictée, Mademoiselle Trippo crie dans l'oreille droite de son père qu'il nous a tiré là d'une fameuse, par sa présence, sa chandelle et son sang-froid.

Cette famille Trippo est effectivement patriarcale, et c'est plaisir, au sortir d'une aventure un peu farouche, que de se voir en compagnie d'un bon vieillard entouré d'enfants et de serviteurs affectionnés et respectueux. Mais l'auberge propre d'ailleurs, répond presque trop à l'idée que nous en donnait l'aubergiste joufflu de Poschiavo. Après une grande heure d'attente, on nous sert un ... de œufs sur un... et du pain de ... sel. Encore ces vivres arrivent-ils trop tard. Soit faim, soit émotion, soit l'extrême chaleur de la salle, voilà Flouttier à qui le cœur manque. Denile s'en mêle, Médard en fait autant, de proche en proche toute la caravane baille ou s'affaise. Pourtant, à la vue de nos lits, la gaîté revient et les rires nous guérissent. Il y en a quatre, et puis un cinquième qui est une grande chambre garnie de paille. Ha bien. On se couche et le sommeil fait le reste.

Deuxième journée — Villeneuve à Bruzio

Bruzio est situé à une demi-heure de la frontière. C'est donc ce matin que nous disons adieu à la Suisse, qui au reste, dès St. Moritz, nous a semblé déjà St Béatrix. Après une courte descente, nous arrivons à la Madona où l'on vise nos passeports, et bientôt après à Piano, où il s'agit de déjeuner d'une façon authentique, remarquablement rétrospective.

Quelle drôle d'auberge! Vaste, bruyante, d'une malpropre magnificence, où criant les gens, où criant les friture, où crie le vent ces broches, sans compter des cochers qui vont, viennent, comme en plein carrefour. Du reste large table, linge frais, cuisine exquise, et brochure sans pareil. L'hôte grand et gros homme automatise mal, en redingote bleue, donne de l'air à ces retraités du temps de l'Empire qui ont été généreux un moment, et cacochimes des années. L'hôtesse et sa sœur, à l'envi mal peignées, ont à la fois la vulgarité et le bon cœur, l'emphase et la familiarité des Italiennes; elles nous accueillent avec amitié et elles mettent du prix à ce que nous venons pour régaler. À cet égard nous sommes en demeure de combler leurs vœux. En effet, au sortir de vallées pauvres, et de sommités stériles, cette soudaine réapparition de l'abondance et à elle seule d'un agrément infini, et du pain plus blanc, un potage plus civilisé, des côtelettes au lieu d'œufs cuits dur, paraissent bien vite un banquet donnant par la variété des mets la distinction des assaisonnements. Puis nos émissaires qui, de tous côtés reviennent chargés de figues, de pêches, de raisins, de tous les dons de Pomona, achetés au quintal, et pour rien!

Mais à toutes les médailles il y a un revers. Une chaleur torride, la même qui dore ces raisins, qui confit ces figues, nous attend au sortir de la fraîche hôtellerie, pour

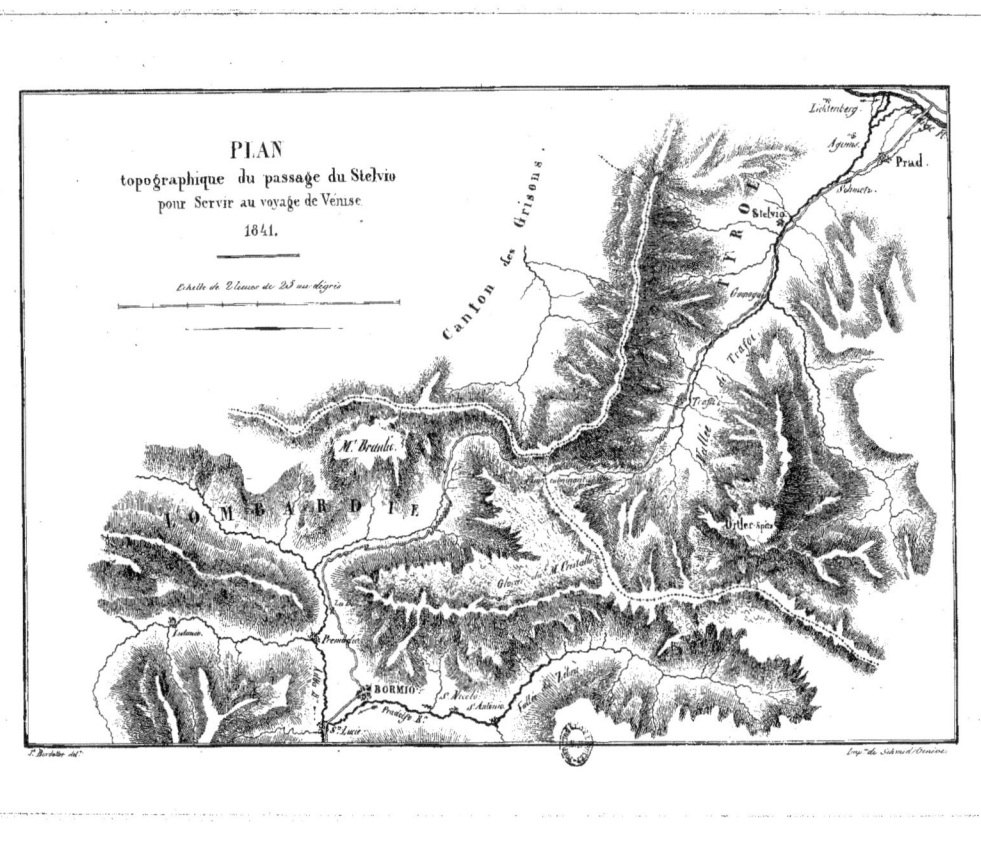

PLAN
topographique du passage du Stelvio
pour servir au voyage de Venise
1841.

Echelle de 2 lieues de 25 au degré

Ce matin nous partirions à l'aube; je dans la confusion introduite parmi nos chaussures, qui, après été graissées en fabrique, viennent d'être jetées pêle-mêle sur le plancher. Chacun d'accourir ne cherche son brandos larrons, qui arrachent le cleur à l'autre leur cour. Les très petits pieds, et les très notables, échappent seuls aux dé sastres de cette terrible mêlée. Ce dut être bien autre chose encore, quand passa l'Empereur d'Autriche et toute sa Cour!

marches. Ce sentiment porté avec lui beaucoup de contentement.

Tout heureusement le temps est beau; car c'est encore ici un un honneur dont nous ne pouvons sortir qu'en franchissant le plus re doutable des défilés. Derrière la petite ville de Bormio, s'ouvre entre des parois de rochers nus, une gorge étroite; profonde, torbueuse, qui plus loin, s'élargit en rampe rapide. Cette rampe aboutit à un pla teau sinueux qui s'appuie à des arêtes rocheuses. Du haut de ces ar tes le mont lance des pentes immenses jusqu'au fond de la vallée de l'Adige. Telle est la configuration générale du Stelvio, ce passage devenu fameux depuis que l'Autriche, pour faire communiquer Vien ne avec la Lombardie, sans emprunter à la Suisse son Splugen, y a fait percer une route qui, pour l'élévation, l'emporte sur toutes celles des Alpes, et de l'Europe. C'est principalement en vue de connaître cet intéressant passage que nous avons dirigé notre itinéraire de ce côté, en sorte qu'aujourd'hui déjà nous nous con siderons comme appelés à recueillir le fruit de nos laborieuses

Devant l'ouverture de la gorge, et sur une terrasse aussi unie que les parois qui surplombent alentour, s'élève une vaste et beau bâtiment: c'est un établissement de bains. Tout à l'heure, engagés dans la gorge, nous ne voyons plus de ce bâtiment que son toit d'ardoises; au delà la prairie de Bonnes, le cours de l'Addal et les gorges de Belladone qui brillent au loin d'un frais éclat du matin. Mais bientôt un rideau de rochers ferme la vue à ce côté, et nous voici tout à coup perdus au fond d'un hideux gouffre de pierres à mille teintes, ce semble, de tout spectacle agreste et riant. Du fond de ce gouffre, il faut deux heures, pour atteindre jusqu'au pied de la rampe dont j'ai parlé. Sur la route forme des zigzag sans nombre; mais, exercés qu'ils sont à ce genre d'investigation, nos éclaireurs ont indiqué d'avance, et recommu de près, le moyen d'atteindre directement au plateau en montant le long de l'arête escarpée où viennent aboutir tous les sommets des zigzag. De cette façon nous gagnons une bonne heure sur le char qui monte nos bagages.

Pendant que nous cheminons sur le plateau, des nuées s'accumulent au dessus des cimes voisines, d'autres accourent au fond des gorges, déjà l'azur du ciel ne se montre plus qu'au travers de mouvantes trouées. C'est dans ce moment qu'il apparaît en face de nous le sommet du passage. Ce sont, à droite d'immenses plages de glace qui viennent s'arriger des arêtes abruptes fièrement dressées sur les gouches, et l'on voit le petit filet de route, vrai petit de boutonnières, qui serpente avec souplesse contre la pointe de ces arêtes, en atteint le niveau supérieur, s'y déploie un instant, et s'ouvre bien vite sur la revers opposé. Ainsi, du point culminant de ce passage, dont la hauteur est à peu de chose près la même que celle du Buet, l'on contemple réellement au dessous de soi, avec une sorte d'orgueilleuse surprise, les glaces éternelles, et dans le contraste frappant de ce chemin si frêle et si audacieux, de ce glacier si colossal et si imposant, l'on reconnaît comme dans un glorieux symbole, l'intelligence victorieuse des forces brutes et l'homme, roi de la nature.

A l'extrémité du plateau, il y a une grande maison, sorte d'hospice où vivent sous un toit commun, une auberge et une douane: c'est ici la frontière du Tyrol. Tout Français que nous sommes, nous voudrions bien n'y pas entrer, car le char porte des provisions valdôtaines dont nous nous sommes pourvus autant par économie que par précaution; mais on nous presse; nous nous laissons séduire, et il arrive que ce jour-là, par précaution, autant que par économie, nous consommons d'abord les vivres que l'on nous présente et même ceux que le char nous apporte. Pendant ce repas doublé, un douanier craqueur nous fait du libéralisme si intéressé, non pas peut-être à la façon des mouchards, mais très certainement à la manière de ceux qui croient devoir se mettre dans vos bonnes grâces avant que de vous tendre la main. Pour toute réponse nous mangeons ferme: c'est une opinion qui ne compromet personne.

Au surplus, lorsqu'on voyage, soit l'effet de la distraction, du grand air, soit aussi parce qu'on veut remarquer à chaque pas quels contentement et le bien être s'ensuivent ni ira encore ni droit de pétition ou aux élections par arrondissements, qu'importe, au bon ordre, à la stabilité des institutions, il est de fait que l'on est peu disposé pour le quart d'heure à professer des opinions politiques bien tranchées. L'on voit des peuplades qui, sans études libres, paraissent heureuses; l'on en voit de libres, chez lesquelles toute joie, tout esprit de calme et de sécurité, semblent disparus sous

retour; et sous l'impression de ces spectacles, on ne peut s'empêcher d'accueillir quelques doutes sur l'excellence des choses que l'on a prisées, ou sur le vice de celles que l'on a été apprise à décrier. Très aisément alors la politique vous apparaît comme un triste assemblage de principes douteux substitués par les partis aux saines règles du sens commun; comme un dangereux arsenal d'armes à l'usage des armours propres fournies des prétentions injustes, des ambitions impatientes, de toutes les passions ardentes ou jalouses, et l'on se prend à croire que moins il y a d'hommes qui ont la clé de cet arsenal, moins aussi il y a de chances pour les masses paisibles des citoyens honnêtes et laborieux qu'il dans cette inquiétude tourmentée, entravée dans son utile et légitime essor, au profit et par les soins mêmes de tant de tribuns officieux qui s'en font les équivoques protecteurs. Certainement ceux qui pèsent le plus aujourd'hui sur les populations, ceux qui retardent avec le plus opiniâtre égoïsme l'avènement de la paix intérieure, de l'ordre, de la stabilité, ce sont moins les monarques que les démagogues, moins les gouvernements que les partis, moins la loi, moins le joug, que ce déréglement d'opinions et de principes qu'on appelle la politique.

Lorsque nous quittâmes l'hospice, le froid déjà très vif, nous fait presser le pas; en trois quarts d'heure nous atteignons le haut du col. Un spectacle aussi magnifique qu'il est inattendu (et voilà ce que c'est que de ne savoir par par cœur son itinéraire) s'y déroule à nos regards. Figurez-vous, lecteur, que vous soyez transporté sur la cime du Brévent, tout à coup, de cette hauteur, et en face de vous, apparaît l'imposant et majestueux amphithéâtre du Mont-Blanc! Ici le Mont-Blanc, c'est l'Alta-Spitz, moins élevé d'une centaine de toises mais plus frappant peut-être à contempler, parce que, affranchi du voisinage de cimes rivales, il lance seul dans les profondeurs azurées du firmament sa tête altière, et paraît plus ou être un géant qu'un colosse. Par malheur, nous ne jouissons qu'imparfaitement de ce grand spectacle. D'innombrables nuées courent en désordre autour des flancs glacés de l'Orteler, et ce n'est que successivement et par d'heureuses trouées, que nous entrevoyons, ici un profil de la montagne, là des vallées de glace, plus loin une des cimes d'aiguilles, là haut une auguste sommité, là où nos yeux ne cherchaient plus que le ciel. Cependant un puissant murmure de foudre gronde de toutes les montagnes à la fois, et tandis que, là bas, dans la vallée de l'Adige, le cultivateur trace encore ses sillons sous le feu du soleil de midi, ici, nous assistons au prélude de la tempête qui va tout à l'heure fondre sur les champs, et le chasser lui et ses bœufs jusque sous le chaume de son étable.

Qu'il y a de poésie dans ces impressions! et combien en paraît lieu ces soudes fureurs ont d'attachante beauté! Au trouble inaccoutumé d'une si colossale nature, le cœur s'émeut, l'âme s'ébranle, et à côté de cette religieuse terreur qu'y répand le formidable concours du ciel et des échos con conjurés, je ne sais quels gracieux souvenirs, des images riantes, des secrets, de tendres retours vers les siens, vers le logis dont on s'est exilé, s'y pressent, s'y heurtent, s'y confondent en une jouissance à près et mélancolique à la fois. Et encore! cet orage qui s'apprête, il faudrait oser l'attendre sur ce sommet d'isolé; il faudrait, abrité sous la saillie d'une roche, de là voir avec tremblement la tempête se dé-chaîner; bondir, lancer ici ses torrens, là bas ses tonnerres, remplir l'air de ses feux et l'espace de ses mugissemens. Que de fois nous avons désiré de goûter ce plaisir! Le voici qui s'offre; et la prudence, ce tyran de l'instituteur, nous commande de la fuir. Déjà l'éclair joue à nos côtés et de menaçantes nuées envahissent la place que nous hâtons de quitter.

Bien différent de l'autre revers du Stelvio, celui que nous allons descendre n'est qu'une longue pente; point abrupte, car outre avant garde s'y lance presque directement, mais dominée de toutes parts, et de toutes parts ouverte aux avalanches. Il résulte de là que c'est justement du côté de la montagne qui offrait partout même le moins de difficulté à vaincre, qu'il a fallu concentrer les travaux les plus difficiles et les plus coûteux. Toute la route dans un espace de 3860 pas n'y est qu'une galerie continue, sous laquelle on domine parfaitement abritée. Cette galerie constituée avec une extrême simplicité de moyens, est en bois. Nous observons qu'il n'a fallu pour la construire, que commander deux sortes de matériaux, le bois et le fer; et sous quatre formes seulement, des poutres et des plateaux, des barres et des écrous. Mais il y a perfection dans l'assemblage compact des pièces, dans la force solidité du travail, et dans la force savamment ménagée des solives qui se dressent en poteaux, et se courbent en voûtes. Du reste cette galerie ne recouvre qu'une moitié de la route; de façon que dès les commencemens de l'hiver, la première avalanche qui vient à tomber, glisse sur la toiture; s'épand sur la partie découverte de la route une masse de neige qui fait à la fois, muraille pour l'intérieur de la galerie, abri pour le rebord extérieur du chemin, et pente continue pour les avalanches nouvelles qui glissent rapidement sur cette masse de constructions échelonnées au bout d'êtres et repétés. En été, lorsqu'on regarde du bas de la montagne ces travaux de toitures et de pins, ces ouvrages si patiens, si réguliers, si semblables à eux-mêmes d'un bout à l'autre, on se rappelle involontairement ces constructions patientes aussi, régulières aussi, qu'élè-

vent les Castors dans leurs solitudes. Mais, tout en doutant que qu'il est, ce rapprochement s'appuie pourtant sur de réelles analogies, et l'esprit, lorsqu'il s'en voit comparé finit effecti-vement par trouver des rapports par trop mystérieux ou trop mal instinct intelligent du Castor, et l'intelligence passi-ve mais habilement dirigée de l'autrichien.

Au surplus, le point de vue économique, l'aprèsdos mi-nances de raisonnable et de l'utile, une juste appré-ciation des moyens comparés au but, ce sont là les car-actères qui distinguent généralement les ouvrages de l'administration autrichienne, et celui-ci en particu-lier. Tout y est régulier, symétrique, admirablement conçu; tant pour les avantages de durée, que pour les économie d'entretien; mais la grandeur manque. Quelque chose de sage mais de serré, a passé de à l'érection de cet ouvrage monumental, et nulle part l'idée du beau; l'idée du grand, ne s'y exprime; n'y a coûté un sou de façon. Par là le Stelvio est supérieur; par là même; il est inférieur au Simplon. La route du Simplon, hâtive-

ment faite, imparfaitement construite, vous frappe dès l'abord par l'impression de je ne sais quelle lutte plus irréfléchie, mais plus énergique contre l'obstacle des lieux; par ses imposantes galeries, plus hautes sans doute qu'il n'était nécessaire ou utile, mais taillées dans le roc vif; semblables à des nefs, mystérieusement éclairées, et qui lorsque leur siècles auront bâtime; toutes les chaussées, tous les ponts, tous les aqueducs de la route, demeureront encore, immortels vestiges d'une immortelle conception.

Nous venions de quitter l'abri de ces galeries quand la tempête éclate. Un grand coup de tonnerre donne le signal; et, deux minutes après, nous sommes trempés jusqu'aux os. Ce n'est plus ici, comme là-haut, un poétique spectacle, plus battante, onirisée tonneuses, les arbres ruisselants, et un homme qui ouvre son parapluie. Une maison se présente, l'arrière-garde s'y jette, pousse jusque dans une cuisine enfumée et y demande l'hospitalité à une vieille sorcière qui s'enfuit d'épouvantée. Bon voyage, et cité grand feu! Mad. Töpffer découvre une demi bouteille de quelque chose; M. Töpffer livre ses trois grains de sucre; Chanvet déterre une casserole, et voici un négus, un négus... aide negus, bouillant, délicieux, souverain. Comme nous sommes à table, entre le Maître. "Faites, dit-il, vous êtes ici dans la maison de l'Empereur." Alors nous nous exarons d'avoir rouillé la vieille." C'est ma belle-mère, ajoute-t-il, elle se rassérera, mais je veux vous présenter ma femme." Cela dit, le brave homme sort pour rentrer bientôt, accompagné de trois frais moutards et d'une jeune mère d'une remarquable beauté. L'air de bonheur répandu sur ces visages, l'accueil cordial et désintéressé de ces gens, la chaleur de l'abri, le pittoresque de l'aventure, tout dans ce moment nous réjouit, nous enchante, et nous quittons à regret cette noire demeure, emportant un de ces souvenirs qui ne s'effacent plus, parce que le cœur plus encore que la mémoire en a la garde.

Pendant cette halte, la pluie a cessé; au vacarme de tout à l'heure succède le calme charmant d'une douce soirée. Alors, hâtant le pas, nous dépassons le verdoyant défilé de Prafleg; la nuit tombe, la vallée s'ouvre, une lumière paraît, c'est l'auberge de Prad, où l'avant-garde nous attend les pieds sous la table.

Schlanders.

En recommençant les famines. Nous quittons Prad de bonne heure, l'aventure a dos d'un déjeuner très cher.

Au-dessus de Prad, la route du Stelvio rejoint celle d'Inspruck au moyen d'un pont joli sur l'Adige. C'est cette dernière que nous allons descendre, en suivant la rive gauche du fleuve. Cette partie de la contrée, rappelle les sites pauvres et nus de la Maurienne; ce sont des champs immenses encaissés entre des montagnes pelées. Du reste excellent pays, comme on voit, pour s'y entre-détruire à coups de canon. Pas un de ces champs de blé qui n'ait été champ de bataille, pas une de ces buttes qui n'ait ses glorieux souvenirs de carnage. Par malheur, nous ne sommes pas tacticiens, en sorte que la hideur de la guerre ne disparaît pas pour nous derrière l'élégance des manœuvres ou la savante beauté des opérations.

Dès ici les distances sont comptées en milles allemands, et tandis qu'une grande pierre ne manque pas d'avertir le piéton qu'il vient d'en consommer un, d'innombrables petites pierres ne manquent pas non plus de l'avertir que, sur son mille, il vient de consommer vingt minutes. Absolument quelqu'un qui vous compte les bouchées, et il en va ainsi pendant des centaines de lieues. C'est cela qui est cartésien!

Une autre chose. A tout bout de champ, d'immenses crucifix, des scènes entières de la passion ou de la légende, dont les personnages en bois sculpté et peint, sont d'un style incorrect sans doute, mais original, et par fois plus d'énergie; il y a tel de ces Christ, dont l'expression, à la considérer isolément, est sublime des mortelles angoisses. Puis, comme il arrive naturellement, partout où s'image, par la multiplicité des reproductions qu'on en fait, est devenue type, symbole; les gouttes de sang qui jaillissent au dessous la couronne d'épines, celles qui découlent de la plaie des clous, et du trou de la lance, ont pris peu à peu fini sous le pinceau de l'artiste une régularité consacrée.

Les premières sont disposées en éventail, les autres se balancent symétriquement autour du [...] que leur sont comme de tige. Tout bizarre que ceci puisse paraître, c'est pourtant d'astyle encore; seulement; c'en est la charge. Outre ces images, de petits tableaux proprement encadrés, et abrités avec soin, se dressent le long des chemins. Ils sont destinés à implorer de la piété du passant une prière en faveur du Christianisme en faveur des Marias, dont la fin sinistre y est représentée, quelquefois à la vérité, mais avec une naïveté qui rappelle la faire à la fois inhabile et expressif des vignettes du quinzième siècle. A ces signes, et à d'autres, l'on reconnaît bientôt que l'on vient d'entrer dans une contrée sui generis, dévoté mais religieuse, fidèle à son culte, à ses traditions, à ses mœurs, saine à sa manière; chez une nation enfin, et non pas chez un assemblage d'esprits sans liens et sans unité. Et quand en suite, l'on voit les paysans Tyroliens si fièrement assis sur son cheval qui tire la barre, l'on s'explique et l'on mâle noblesse de son visage, et cet air d'homme et de maître que donne seule la conscience de droits antiques et d'institutions à l'épreuve.

A Sillandro, où nous passons à midi, nous sommes accidentellement témoins d'une scène qui a joute un trait intéressant à ceux que nous venons d'esquisser. Au son de la cloche de midi, sept ou huit hommes qui étaient occupés à battre le blé, jetant là leurs fléaux, s'avancent sur le seuil de la grange, et tombant à genoux, ils y demeurent pendant quelques secondes en adoration. Cette scène si imposante dans sa simplicité, se répète à cette heure dans tous les hameaux; partout ces hommes fiers, par tout ces hommes mâtinés, interrompent leur œuvre pour courber le genou devant le Très-Haut. — Pratiques, dira-t-on, oui; mais saines, belles, utiles, qui impriment et qui propagent la crainte de Dieu, qui plient l'enfance à son joug, qui chaque jour transforment pour quelques instants en frères et en égaux, maîtres et journaliers, ceux qu'abrite un même toit, et ceux que rassemble une circonstance fortuite, ceux qu'unit l'affection et ceux que la haine divise. Pratiques, mais qui valent mieux que cette absence de pratiques au sein de laquelle se dissout façant chaque jour davantage chez les nations dites en progrès, l'idée religieuse, sauve-garde indispensable de la moralité, du bonheur et de la nationalité [...] des peuples.

Cependant la faim nous ronge et voici la pluie: nous entrons au soleil d'or. Mais au soleil d'or, il n'y a ni pain, ni lait, ni viande, ni fromage, ni quoi que ce soit, hormis un quartier de saindoux et des pommes de terre que l'hôte va faire bouillir. Bien triste régal! Ce qui est plus drôle, c'est l'histoire

qui tout glorieux d'une si belle tombée, va, vient, s'informe si l'on est content et veut qu'on dise si l'on manque de quelque chose. Une heure de perte, et puis demande qu'elle lui... nous devenir si la pluie nous mettons dans ce trou! Plutôt affronter grêle et tonnerre. Nous fuyons jusqu'à Latoch.

À Latoch, les gens parlent une langue inconnue qui n'est pas le nomouch; impossible de s'entendre. Mais cencés que nous sommes, nous commençons par nous emparer d'un large foyer circulaire au centre duquel pétille la meilleure flamme magnifique, et la troupe entière disposée en cercle fait des par-file à droite, des par-file à gauche, jusqu'à entière dessication des hommes et du fournisent. C'est beau à voir, mais infernal un peu. Pendant ce temps David désigne une sorte d'interprète mouillé qui traduit nos demandes en algonquin; dont des marmitières s'avancent et nous leur cédons la place. Il n'est que trois heures; la correspondance est reprise; les jeux s'organisent, l'esprit va son train. C'est bien heureux, car Latoch est un de ces trous où si pour une minute seulement, l'on venait à ne pas s'amuser beaucoup, l'on périrait infailliblement de tristesse mortelle et d'ennui rentré.

Notre souper est parfaitement bouffon. Des soupes grandes, profondes à s'y noyer, et après ces soupes, des deux pieds de moutons, coupés en morceaux, servis en tas, à droite à gauche, en bas, partout vrai charmeur qui n'a rien qu'à le voir. Nous avons craint la disette, et voici que c'est l'abondance qui tue la faim.

10 Décembre 1841

A Lattsch, quand un voyageur arrive, c'est ou bien très mal neuf, il le paie, c'est juste; mais il ne l'emporte pas: c'est le principe. Aussi voici nous ce matin une carte exorbitante, où sont comptés tout au long et tout au large ces anges de soupe et ces troupeaux cuits que nous contemplâmes hier au soir. Alors l'hôtesse se fâche tout rouge, et l'on rappelle l'interprète. Par malheur, tout interprété est en celui comme un chapeau gras, c'est tout au plus un mauvais interposé entre les parties: celui-ci ne manque pas d'approuver l'hôtesse, d'approuver la Bourse, et de s'approuver aussi lui-même. On l'envoie promener et l'on paie. C'est par là qu'il aurait fallu commencer.

Dès Lattsch, la contrée devient de plus en plus pittoresque; la plaine est richement cultivée, de beaux ombrages nous attirent çà et là, et les montagnes beaucoup moins nues que celles que nous avons vues hier commencent à prendre le caractère italien. Moins accidentées que les nôtres, elles n'offrent aux regards, ni des plateaux cultivés, ni des forêts séculaires, mais des pentes vertes et buissonneuses dont les formes ont de la douceur, et le coloris un éclat plus tendre, plus clair que celui de nos Alpes. A mesure que nous descendons la vallée, ces cimes vont s'abaisser, les lignes s'adoucir, les escarpements prendre de la grâce, les hauteurs se couronner de ruines, et ce soir déjà nous aurons de toutes parts sous les yeux de ces paysages tellement compris, que l'on dirait que le Poussin lui-même les a ainsi arrangés pour qu'il les servissent de modèles.

Comme d'ordinaire la faim nous dévore. Nous essayons de déjeuner à Natures. Las! il n'y a dans l'auberge ni flaques, ni troupeaux, ni rien, que des verres. On nous sert donc des verres. Puis des émissaires vont acheter du café chez le droguiste et des pains chez le magistrat. Chaque pain, chaque once de quoi que ce soit exige un voyage et des contrées, sans compter que ce mouvement imprimé aux affaires se communique à la population qui s'en vient aux fenêtres, aux portes et aux postillons, contempler les immensités de l'événement. C'est en effet la première et la seule fois qu'on aura vu à Natters soixante et dix neuf têtes chez paraître et disparaître en moins d'un quart d'heure.

En sortant des Natters, nous remarquons dans une prairie un jeune gars tyrolien qui, armé d'un fusil, fait retentir les airs de claquements formidables. C'est pour prendre de l'appétit apparemment. Mais quand il voit que nous nous arrêtons à le contempler, alors la gloire s'en mêle, il redouble, il change de main, il change encore, il va de prouesse en prouesse, jusqu'à ce que piquées, il tombe sur le gazon. Au simplet, c'est là un petit exercice matinal tout à fait en rapport avec les mœurs du pays, et sans doute beaucoup de ces hommes si gîtés et si bien découplés, que nous voyons dans les champs, s'ont pratiqué dans leur jeunesse. Tous les tyroliens, même les plus puissants ont la ceinture mince et bien prise, la démarche souple et élastique, les muscles forts, les articulations fines, et, jaloux de plaire, mais à leur manière, ils font leur parure des riches fleurs de la santé et de ces signes de mâle vigueur. (comme l'a dit Bull.)

Plus bas, ce sont les sorcières de Macbeth, trois vieilles échevelées, sans doute, vêtiez des lambeaux troués, hideuses à faire trembler les petits enfants. Chose singulière, ces commères au lieu de mendier jasent et rient. Mais où est donc Callot!

Cependant nous approchons de la délicieuse vallée de Méran; voici les vignes, les amandiers, les pêches, le mais, toutes ces riches productions que nous ne fîmes qu'entrevoir naguère en Valteline. Que ce retour des verges et des fruits est doux au voyageur! Que la terre tua paraît une nourrice bonne et généreuse, un merveilleux trésor de fécondité et de largesse! Mais hélas! il lui faut entendre qu'un marchand se soit interposé entre lui et ces belles grappes suspendues aux treilles qui ombragent la route, il faut qu'altéré et ruisselant de sueur, il se borne à contempler pour l'honneur ces coupes d'un frais et délicieux breuvage, et c'est bien mal. Aussi Mr. Töpffer conseille-t-il de regarder en l'air, et de se préoccuper uniquement de son bout de pied, afin d'éviter les amorces du tartaton. C'est moral, mais c'est mal avisé, et il commes coutumier de regarder en l'air avec bien de l'extase. Alors deux capucins touchés du naïf désir de cet enfant, se mettent à piocher à sa place, et ils lui cueillent sans nombre deux grappes mûres. Ils ont du bon les Capucins!

Au sortir des treilles, on découvre soudainement l'amphithéâtre de collines, de châteaux, de verdoyantes montagnes, au centre duquel s'élève la jolie ville de Méran. C'est une bourgade propre, riante, bien bâtie, une de ces petites cités dont, rien qu'à les voir, on tiendrait à contentement d'être bourgeois. Au moment où nous entrons, toute une municipalité en marche vient d'une l'aubade à un envoyé de l'Empereur qui se trouve être natif de la contrée, et la musique du district joue sous ses fenêtres les airs nationaux. Cependant arrivent un à un des montagnes, pour lui former une garde d'honneur, ces fameux carabiniers du Tyrol, parés de leur riche et antique costume. Ces hommes beaux de stature, fleuris de visage, portent en signe de joie un bouquet dans le canon de leur arme; d'ailleurs leur démarche est aisée et leur maintien d'une dignité sévère. Comme l'on peut croire ce spectacle nous contraint de faire une halte à Méran. Pendant que les uns vont aux provisions, les autres assis sur leurs sacs, regardent, écoutent, reposent et sont ravis par tous les sens à la fois.

Nous voulons essayer de décrire le costume de ces carabiniers. Qu'on se figure un large chapeau vert dont une aile est fièrement relevée sur le côté, puis des sortes de bretelles liées entre elles sur la poitrine par des lanières symétriques, ces bretelles liées en soie verte éclatante, sont posées sur un gilet de la plus vive écarlate. Par dessus ce vêtement, une jaquette brune, de bure, curieusement taillée; puis des culottes de la même étoffe, et des bas blancs tirés avec soin. Mais voici peut-être ce que le costume a de plus caractéristique. Les bas, grâce à la finesse des genoux, tiennent sans jarretière et se trouvent tirés par la seule ampleur musculaire des mollets, qui détend les mailles du centre; tandis que les culottes qui, par dessus, recouvrent les genoux, s'échancrent par derrière et laissent à nu, entre elles et le bas, l'articulation du jarret. Tout ceci dessine les formes, accuse la souplesse, et met en relief la saine vigueur de cette belle race d'hommes. Ceci est un costume à proprement parler, et non pas un uniforme. Les uniformes servent au contraire à dissimuler les inégalités d'difformités des races grêles et appauvries.

Il faut s'arracher à cette fête. Nous quittons Méran à regret. Une calèche à poste nous traverse, nos éclopés et un cocher parfaitement ivre, qu'il faut à la fois maintenir sur son siège et empêcher de conduire. Les autres carabiniers s'écoulent librement par société qui vont partir quittant du vin, pendant qu'il arrive garde M. Töpffer se dispense de des incendies et fait d'éclopé oblig... au profit d'une bergère qui vient de se faire re-... large entaille aux pouces. Il ne s'agit enfin que pour sur le blonde... une bande de Cours-plaidé..., mais à la vue de l'affreux gourmée, à la vue des... à la vue d'opération salutaire préparation, la bergère sent le cœur lui manquer; elle hésite, elle aimeuille; les uns conseillent, les autres dissuadent, une sous-agitation trouble et divise les esprits. Alors comme l'homme de Rabelais, M. Töpffer fait par signes, une protestation harangue; puis arrivé à la peroraison, il applique éloquemment sur son propre nez, une bande du taffetas redouté. A ce moment, l'assemblée tout entière se rend. L'on se fait prier, la bergère est sauvée, et notre zigzag reprend triomphalement son petit bonhomme de chemin.

Botzen est bel et bien éloigné de Méran. Exceptez les infatigables, tous les autres tombent successivement en démoralisation. On ne voit qui boive tout, qui s'étendent par terre, qui s'informent des distances, qui regardent si Botzen ne vient point à leur rencontre. Chauvet trouve un quidam qui se charge sur son char et qui le dépose sur un pont, où il s'achemine en demandant aux gens: Noch ma weite? C'est une façon d'émancer liée de dire: on est l'auberge? Une fois arrivé, il déclare qu'il a laissé M. Töpffer en train de ne plus vouloir bouger. Pité ou lui dépêche des es cours, c'est-à-dire des camarades qui le leurrent amicalement, en lui faisant voir tout proche de lui cette auberge qu'ils savent être très éloignée encore. C'est égal, on ne amoindrissait par les délices du repos, de la simple station même, si l'on n'avait pas passé par ces lassitudes laborieuses, qui ont le grand avantage de ressembler à une souffrance sans en être une.

L'auberge est charmante, les hôtes sont remplis d'empressement, mais déjà endormis dès longtemps, vous ne soupçons que Dieu sait.

TRENTE

Nous sommes tombés chez une paire d'hôtes humains, bienveillants, patriarchaux. Nouvellement mariés, nouvellement établis, ces époux ont la candeur des braves gens, et l'empressement aimable des bons cœurs. Presque tristes de ce que nous n'avons pas fait assez d'honneur à l'excellent souper de la veille, ils ont disposé dans un jardin aimant, et sous un dôme de citronniers, une longue table chargée d'un déjeuner splendide. De cette vue des cris de joie éclatent, auxquels succèdent bien vite une silence qui n'est pas même du tout. Cependant le ciel est d'une sérénité délicieuse; par delà les arbres voisins, on aperçoit de belles cimes encore enveloppées d'ombre. Çà et là un rayon de soleil pénètre dans la feuillée et fait resplendir l'onde. Chères amis! Snad, Latsch, Nations, où êtes vous! Tous mauvais, qu'êtes-vous devenus! Les graves de la troupe trouvent que si la vie humaine ressemble à un voyage, c'est uniquement parce qu'un voyage ressemble à la vie humaine. C'est plus amusant, voilà tout.

Il s'agit, vous vous en souvenez, d'aller à Venise. Dans le but d'y arriver enfin, et aussi, séduit par l'occasion, Mr. Töpffer loue ici une voiture. Cette voiture est une si bel omnibus qui déjà offrent l'avantage de pouvoir nous relever par moitié, mais en outre elle a pour propriétaire et pour cocher la fière même de notre hôtesse, un bon Tyrolien, grave, loyal, respectueux, nouvellement établi aussi, et qui porte à son chapeau blanc doublé de vert sous les ailes, un frais bouquet de fleurs. Pendant que cet homme va donner l'avoine à deux beaux chevaux de quatre ans, nous parcourons la ville, nous visitons la cathédrale, nous reconnaissons que Méran si propre si gai.

Bourse comme le permettront. Celle-ci, depuis qu'elle fait les frais de l'omnibus, est devenue de plus en plus inhabitable; revêche, sujette à des soubresauts, dès que quelqu'un fait mine seulement de ne vouloir pas, par économie, mourir de faim. Au dessert, et toujours sur le pouce, on ouvre un melon, choisi avec le plus grand soin par un particulier qui a le bonheur d'être de toute force sur l'article; c'est Plantier. Couleur superbe, parfum inodore, goût conforme; une vraie courge, et c'est Plantier qui est melon.

À mesure que nous avançons dans le Tyrol italien, le caractère et la population changent entièrement. Dès ici l'on rencontre des visages hâlés, des hommes sans bas, négligemment vêtus, insolents de manières, ou qui se prélassent sur des ânes. Bien qu'on erre de hautes montagnes enserrent la vallée, l'on pressent d'avance la mollesse; le fait vient, l'insouciance folâtre, cette expansive et bouffonne gaîté qui rend aux italiens le joug supportable et la vie légère. Toutefois, nous n'en sommes encore ici qu'aux avant-coureurs; car, bien différentes des contrées que nous parcourrons plus tard, celle-ci a des franchises, une forte nationalité, et les champs y sont la propriété des paysans, à qui profitent leurs labeurs.

Près de Trente, nous sommes surpris par une rude ondée qui nous fait grand bien. Cette ville est grande, très vivante, riche en beaux et curieux édifices. Nous y descendons dans un hôtel fort propre, mais qui d'ailleurs est italien déjà par le grandiose des appartements, et par le tapage des valets et des voituriers. Pour l'heure, tout y est aux ordres d'un seigneur courrier qui prend son dessert et sable du bordeaux. Quand ce courrier a tout dit, tout commandé, tout bu, nos hôtes commencent d'apercevoir que nous sommes là; mais sa grandeur continue de se curer les dents sans nous apercevoir ni nous ni le monde.

Pendant que la bourse commune court aux emplettes pour ravitailler son ménage de demain, l'on donne des soins à Chaux et qui, indisposé depuis ce matin, est devenu d'heure en heure plus cave et plus verdâtre. Qu'allons-nous devenir, si c'est le commencement de quelque fièvre typhoïde. À tout événement Mr Töpffer ordonne un lit chaud, deux tasses de thé et un profond sommeil.

Dix-huitième Journée.

Au lever, notre malade ne se trouve guère mieux. Toutefois il a dormi et aucun symptôme nouveau ne s'est déclaré. L'on s'occupe donc de disposer dans l'angle de l'omnibus une petite ambulance à son usage, et l'on part.

Au delà de Trente, la route s'élève en serpentant contre le flanc d'une côte rapide. De ce hauteur, l'on a une vue magnifique de la ville et de cette belle vallée de l'Adige que nous allons quitter pour nous enfoncer dans les gorges de la Brenta. Cette cité elle-même, est plus encore que tout ce que nous avons vu jusqu'ici, non pas boisée, riante, ou remarquable pour le particulier, mais attrayante pour l'artiste, faite pour être peinte ou pour être chantée. Ce sont des terrains brûlés, rocailleux, parsemés d'arbres libres, et s'étalant toutes les élégances de lignes, toutes les finesses du coloris. Par ci, par là, un, deux arbres se dressent contre les rochers, ou penchent sur le vallon; quelque jeune gars, un seul.

Aujourd'hui, ce ne sont pas des malfaiteurs qui nous tirent de l'eglogue, c'est un ménage qui emigre.

qui ma grande détresse aurait obligés de s'ajuster ainsi jusqu'au prochain village, auraient soin de prendre par les sentiers et de n'entrer au hameau qu'après la nuit tombée,

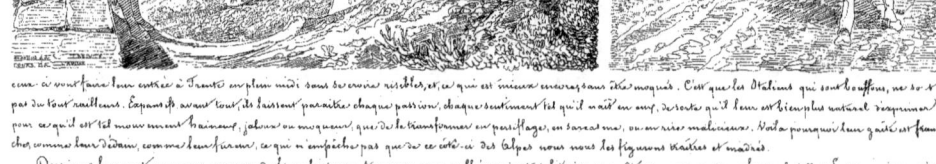

eux à vont faire leur entrée à Trente en plein midi sans se croire risibles, et, ce qui est mieux encore, sans être moqués. C'est que les Italiens qui sont bouffons, ne se n' pas du tout railleurs. Expansifs avant tout, ils laissent paraître chaque passion, chaque sentiment tel qu'il naît en eux, de sorte qu'il leur est bien plus naturel d'exprimer pour ce qu'il est tel mouvement traineur, jaloux ou moqueur, que de le transformer en persiflage, en sarcasmes, ou en rires malicieux. Voilà pourquoi leur gaîté est franche, comme leur dédain, comme leur fureur; ce qui n'empêche pas que de ce côté-ci des Alpes nous nous les figurons traîtres et madrés.

Derrière le mont que nous venons de franchir, nous trouvons une vallée qui est solitaire sans être sauvage, et un lac, celui de Levigo, qui ne réfléchit que ces montagnes sans caractère, couvertes et comme revêtues de buissons rabougris. La population a changé aussi; hommes, femmes, maisons, tout est misérable, au milieu d'une contrée cependant fertile. Le cocher nous en donne pour raison, que ces gens cultivent, mais ne possèdent rien en propre. Plus loin la contrée s'embellit de nouveau, nous traversons de jolies bourgades, mais le paysan continue d'être malpropre, mal vêtu, pour eux-mêmes, en dépit des soins affectueux que se prodiguent mutuellement et en public les membres de chaque famille, échelonnés sur l'escalier, ou par rassemblement établis sous les porches. Là, chacun rejette une tête et livre la sienne, la chasse commence, et les heures fuient d'un vol rapide sur l'aile de la distraction, de l'attente, de la trouvaille, de la victoire sans cesse renaissante et jamais accomplie. Tandis Germania vincitur!

Deux femmes que nous croisons sur la rive du lac manifestent à notre aspect une surprise mêlée d'épouvante. On dirait des naturels qui n'ont jamais vu de blancs. Plus loin, c'est un Albi corpulent qui au contraire affecte de n'apercevoir pas des blancs qui n'ont point de pipe fichée à leur tête. Pour nous, nous ne pouvons nous empêcher d'apercevoir combien les paysans sont maigres et osseux, dans une vallée où les abbés sont fleuris et confortablement couverts de bonne graisse.

Pendant que notre omnibus s'arrête à Sévrig, nous allons changer de nos provisions, chercher au delà de la ville un bel ombrage qui nous tienne lieu de salle à manger. Recherche vaine. Tout est mûrier dans les environs, et il serait plus facile de prêter son propre ombrage à ces vilains petits arbres, qu'il n'y a moyen de se partager celui qu'ils peuvent offrir. Ce cas arrivé donc, et dans l'intention de ne pas mourir de faim, nous nous établissons au gros soleil pour y manger un saucisson salé au près d'un ruisseau tari. De cette façon nous ne risquons plus que de mourir de soif.

C'est justement ce moment là que Plantier choisit pour faire l'éloge du mûrier. Il est vrai que Plantier juge le mûrier au point de vue des cocons : c'est pour cela qu'il fait l'éloge de ce petit bonhomme d'arbre bien discipliné, bien parqué, appris à pousser en gaules et à donner des feuilles. Mais que font aux artistes, les cocons que font les bobines, et les filatures à des malheureux qui ne demandent qu'un peu d'ombrage ? Et l'on dit qu'il est question d'introduire la culture du mûrier dans notre canton ! Que sera ce alors de notre beau pays, quand il aura pour magistrats des démagogues, pour avoyers des émeutiers, et pour arbres des mûriers en langues.

Chose drôle ! Voici plus loin les mêmes arbres, mais libres, épars, et jetant autour dans leurs rameaux nerveux comme des garnements échappés à l'instituteur et qui fuient la serpe. Ces arbres sont beaux décidément, et nous sommes disposés à nous raviser. Mais Plantier n'a plus lui, que des mépris pour ces grands vilebours, qui trompant l'espoir de la bobine, dissipent à s'engraisser et à enrichir le plus beau de leurs ans et le meilleur de leur sève.

Quoiqu'il fasse le plus beau temps du monde, une sorte de brume qui ne nous quittera guère qu'après Nîmes, terme durant le milieu du jour le pur éclat du soleil et répand sur les lointains une teinte blafarde. Mais au coucher du soleil, cette brume s'embrase, la grise vapeur rechange en éclatantes pourpre, cimes, extrême, clochers, tout resplendit pendant quelques instants, pour s'éteindre bientôt dans ce pâle et clair crépuscule qui est l'heure chérie des Italiens. Alors, réjouis par la fraîcheur, ils sortent de leurs maisons, la rue se peuplent les groupes se forment, et ces mêmes bourgades qui semblent désertes quand on les traverse à l'heure de midi, paraissent des villes encombrées d'habitans. Tel nous apparaît ce soir Borgo di Val Segrina où nous allons descendre dans une auberge qui ne sera bâtie que l'année prochaine. En attendant, l'on y dîne dans un corridor, et l'on y couche ailleurs.

Borgo di Val Segrina

Dès hier, notre malade mangeas sa ration de boucaisson auprès d'un ruisseau d'eau : signe qu'il entrait en convalescence. Aujourd'hui il se trouve complètement rétabli en sorte que la couleur jaune qui courstituait, à lui tout seul, notre ambulancerait mis à la disposition de chacun des braves du régiment.

Nous voulions partir de bonne heure, mais il faut attendre. Une énorme charrette chargée de balles de coton, obstrue la route, obstrue le pays. Devant ce Mastodonte, tout s'arrête ou rebrousse; autour, tout crie, tout se démène; les fouets claquent, les mules s'abattent; jusqu'à ce qu'enfin le le monstre s'engage lentement dans la rue de Borgo, où, de son ventre, il bouche les fenêtres, emporte les volets et broie les étalages.

Toujours des montagnes. Planton commence à manquer d'air. C'est vrai que les montagnes, surtout si elles sont toutes les mêmes, puissent bien par avoir aussi leur genre de monotonie. Celles-ci, comme dans le défilé des gorges de la Brenta, où elles viennent border la rivière de parois stériles et tourmentées, se ressemblent et par leur physionomie et par leurs accidents. Elles ne sont ni unes, ni bornées, ni douces, ni sauvages, ni chair ni poisson. Mais au delà des gorges elles se couronnent d'arbres, elles se parent de verdure; et de plus en plus fraîches et fleuries, elles inclinent leurs dernières pentes jusque sous les murs de Bassano. À partir de cette ville, plus de monts, plus de coteaux; mais une immense plaine où l'on ne voit communément que le ciel et la route. Ce sont alors, Suisses, de manquer d'air.

Il est dimanche. À Grignon, où nous arrivons affamés, on ne trouve que des poulets. Qu'à cela ne tienne! aussitôt neuf de ces malheureux ne font qu'un saut du verger au tournebroche. Cependant la table se dresse: père et mère et aïeul, et les enfants, et des montant et le chien. C'est bien du monde. Aussi l'aïeul se met-il à donner la chasse à ses petits fils, à ses petites filles, et partout où il en attrappe, d'une paire de soufflets, ou d'un coup de pied dans l'organe, il les envoie directement à la chiesa. Après quoi il revient contre les chiens qu'il envoie au diable, et aux cuivres qui s'abritent de la porte, et achève son fourier. C'est bruyant et l'on n'y voit goutte, mais les poulets, y compris un coq octogénaire, sont excellents et ce déjeuner comptera.

En tout pays, pour les pêcheurs, il n'y a pas de jour du repos. La Brenta et ses deux hommes demi-nus qui fouillent le fond des anses avec une coiffe fixée au bout d'une perche. Ces hommes ne prennent rien, mais ils ne se dérangent pas: Rien n'est obstiné comme un joueur. Voir, dans les cabarets, les badins qui la votés sur l'épaule, crient cinque sei, otto! C'est le jeu de la mora. Leur voix, leurs envies, leur air s'y enflamment, on dirait non pas un divertissement, mais quelque sinistre brutalité.

Au delà, ce sont des étalages de pratiques: tout autour des cubes que se gorgent pour un liard, une populace qui contemple, des pouilleux tout entiers à leur affaire. Plus loin, une longue file de femmes qui, sorties de l'église, regagnent leurs hameaux. Toutes, jeunes et vieilles, ombragent d'une blanche toile leurs chairs brunies: les jeunes les enveloppent dans leurs costumes, et elles jasent ou s'étalent avec un bruyant abandon.

Ces dimanches là sont certes bien différents des nôtres, mais pas plus médiocrement célébrés, malgré le tableau que je viens d'en tracer. Ces pauvres gens sont tous sortis de leurs meilleurs habits; tous ont été à la messe, et si quelques-uns s'oublient étourdiment à jouer ou à boire, nul d'entr'eux ne sait ce que c'est que l'incrédulité, le doute, ou seulement l'indifférence à l'égard des choses saintes.

Les oliviers recommencent, et à propos d'arbres encore. C'est ici voici les oliviers qui commencent juste à l'endroit où Planton a apophthegmisé qu'ils devaient finir. L'olivier a-t-il dit, s'arrête à vingt lieues de la Méditerranée. Leur si ont franchi la consigne évidemment. Du reste, si, au point de vue de la salade, l'olivier est un estimable végétal; au point de vue du paysage, c'est encore un arbre charmant, fin de feuillé, capricieux de branchage, qui ne hante ni les déserts ni les potagers, mais qui, retiré avec ses frères sur les pentes abruptes, ou dans les cantons écartés, y abrite le solitaire, ou y attire le passant fatigué. Et si ces petits drôles de nuniers de rue rappelaient ces disciples d'institution dont l'esprit ratatiné par la méthode Jacotot, ou n'importe quelle, s'est épanoui en phrases et a poussé en mots; ces dîners d'aujourd'hui rappellent ces garçons élevés aux champs, dont l'intelligence noueuse est forte en sève et féconde en bons fruits.

Au coucher du soleil nous sortons des montagnes et voici sans transition, un immense et plane horizon qui s'abaisse de toutes parts devant nous. Alors, de la terre, le spectacle passe aux cieux, où flottent dans l'espace embrasé, ici des nues amoncelées, là des flocons égarés. Tout près de nous, Bassano élève au dessus des prairies ses terrasses de briques, ses tours crénelées, et la ligne rasante de ses longues toitures. L'aspect de cette ville nous rappelle vivement celui que présente, au sortir du Val d'Aoste, l'élégante apparition d'Ivrée.

C'est l'heure du cours. Les bourgeois endimanchés se promènent sous une allée de platanes au murmure des boiteux et des aveugles qui, de la place qu'ils se sont choisie, déclament emphatiquement leurs misères. Plusieurs leur font l'aumône, aucun ne les brusque: partout, en Italie, l'état de mendiant est respecté. Mais dans l'allée extérieure, des élégant de café circulent en phaéton, ou chevauchent à grand spectacle, tandis que des charretées de citadins, tout à fait revenus des vanités de jeunesse, se promènent en famille, humant le frais, jasant, regardant, digérant. Malgré la bisarre diversité des équipages, la bariolé des personnes, et le comique des incidens, pas une de ces sociétés ne songe à rire de l'autre, et il paraît comme entendu entre ces bonne gens que chacun s'amuse comme il peut, et s'y prend comme il sait. Et puis, voulez-vous rire, voici la bas des bouffes, des polichinelles c'est fait pour cela. Notre arrivée ne laissa pas que de faire sensation, surtout notre costume, et encore plus notre mère Jésuite. Mais qu'on juge ce que doivent paraître au milieu de cet endimanchement des habitans, nos blouses, nos pantalons, qui, dès Genève, n'ont connu d'autre lessive que les rincées du ciel. Cependant, soit linge blanc, soit d'ingénieux artifices de cravate, soit bonne mise et manières conformes, nul ne se méprend sur notre condition de gens comme il faut; il nous est même arrivé dans quelques auberges d'être pris pour des anglais. C'est fort cher.

Au surplus, ce qui fait le Gentleman, c'est l'accessoire plus encore que le principal de la mise; et, à la tabatière d'un homme, l'on connaît mieux quel il est qu'à son habit. Bien plus, il y a du goût dans le négligé, dans le chiffonné du vêtement extérieur, pourvu que le linge soit frais, le foulard riche, la cravate distinguée. A des conditions pareilles il y a du goût dans la mise du campagnard quand, sous sa bure reluit l'éclatante blancheur de sa grosse chemise, quand les oreilles de son ample et bon soulier sont bien tenues par des attaches de cuir proprement bouclées. Mais, au rebours, il y a défaut entier de convenance et d'agrément, dans cette tenue toute d'extérieur qui procède uniquement de la coupe des habits et des arrêts de la mode; dans cette élégance vulgarisée qui s'achète aujourd'hui toute faite et qui se pose indifféremment sur le courtaud et sur le chef, sur l'homme de lettres et sur l'arracheur de cors aux pieds. A vous, liseurs de plates gazettes et d'imbéciles prospectus, de vous extasier devant ce progrès humanitaire où viennent se perdre dans une menteuse uniformité, non seulement toutes les distinctions de condition et avec elles la sorte de dignité qui convient à chacune, mais encore ces traits d'individualité, cette physionomie qui varie d'homme à homme et qui a ses signes expressifs dans la mise, dans le chapeau, dans la manche, et dans les boutons de la manche. Encore si cette révolution dans le vêtement n'était pas le signe fidèle de cette révolution dans les esprits qui les transforme tous insensiblement en unités semblables, en échos tous les mêmes d'un journalisme radoteur; en pièces toutes faites et toutes pareilles de cette machine qu'on appelle émancipation, civilisation, dix-neuvième siècle! Et ne voyez-vous donc pas, humanitaires que vous êtes, que sous le char roulant de votre progrès trompeur, déjà le poëte expire, l'art s'en va, le peintre, le dramaturge, le romancier sont aux abois, faute d'un petit grain de passion à étudier autour d'eux, faute de types, de caractères, d'âmes non pas seulement ignorées, mais mauvaises; qu'au lieu de beaux livres vous avez des produits littéraires, une fabrication et une consommation de Balzac et de Sand; une espèce humaine qui s'abrutit, qui devient troupeau, machine à faire du drap pilote ou à tisser du coton, comme les Égyptiens d'autrefois furent machines à creuser des canaux et à élever des pyramides? Ne voyez-vous pas votre société immolée qui, déshéritée de calme, des croyances, d'affections; affranchie de tout haut d'enthousiasme, de respect ou seulement de déférence, de toute dignité, de toute résignation, de tout joug, se nourrir d'idées rebelles, travaille en jalousant, s'enrichit sans profit, déteste sa condition, ne compter ni sur elle, ni sur vous, ni sur Dieu même; mais sur des chances, sur des émeutes, des révolutions, des guerres, sur d'affreux et sanglants désastres?... Et puis guérissez-la avec vos utopies pas même innocentes et morales, avec vos niais et impossibles systèmes, avec votre prétendue charité, avec votre menteuse égalité, avec votre hideux matérialisme?!...

Nous voici, à propos de bottes, bien en colère. Pardon, lecteur. A peine établis dans notre hôtel, nous le quittons pour retourner au cours; ceux d'entre nous, du moins, qui ne craignent pas d'y reparaître en costume de route. Pour les autres, ils font toilette, mais au moment où ils achèvent de mettre la dernière main à leur ajustement, voici la nuit qui tombe tout exprès pour les envelopper de son ombre. C'est fatal. A l'extrémité du cours, il y a un grand pavillon où s'offrent autour des amateurs de sorbets les musiciens ambulant; notre place comme devant les gazetiers, y était marquée d'avance.

L'hôtel est tout endimanché aussi. Le maître est une sorte de portemine chevelu, tout en jabot et en nankin. L'hôtesse est une prima donna, dans son costume de première représentation. L'héritier présomptif est un moutard extrait tel quel du journal des modes, une petite créature busquée, mousselinée, bouffante, qui se tient fort mal sur deux quilles en bourru plissé. Cette petite créature estime les escaliers, occupe les galeries, gêne toutes les communications, et de son cerceau fait trébucher les pères de familles; sa place aussi est marquée parmi les enfants terribles.

Dans une vaste et magnifique salle, et au son des guitares, ou nous sert somptueusement quatre asiettes pour vingt deux. Nous allons nous coucher repus de musique et mourant de faim.

Vingtième Journée

Une journée encore nous sépare vos personnes de Vérone, mais nos esprits y sont déjà arrivés, et nous marchons, aujourd'hui, plus préoccupés des lagunes où nous tendons, que des objets qui nous entourent. Pourtant, à une heure de Bassano, force est bien de nous arrêter pour considérer une procession de pénitents, de femmes, de campagnards, qui marchent affairés, tumultueux, et nous avés, sans que nous sachions bien pourquoi. L'on dirait des gens qui reviennent en toute hâte de la noce pour éteindre leur mai sons qui brûlent.

Dès ici, plus d'horizon lointain; le regard se partage entre la route et le ciel; et cependant il y a encore un paysage qui présente d'exquis détails. Ce sont des haies fleuries et touffues, des arbres d'un feuillage sombre et d'une noble élégance, tout à côté de soi, des feuilles ténébreuses, des eaux mystérieuses, partout des profils de constructions élégantes, des murs de briques, dont les ceintres, la couleur, les bases minées, le faîte orné de lierres, offrent mille sujets d'intéressants croquis. Mais il faudrait de bons yeux et des loisirs, pour étudier ces gracieuses délicatesses du paysage Vénitien; aussi nous nous contentons de les admirer en passant.

En même temps la chaleur est extrême, la chaussée poudreuse, et ces eaux mystérieuses dont je parlais tout à l'heure, ne sont au fond que des flaques à grenouilles. Las, plus que dans deux heures, brûlés et hâlés nous atteignons Castelfranco qui se trouve être un gros bourg

la bas sur l'eau vive on sabille du sol pour désaltérer le l'idiom et le réjouir de son murmure. Brûlés et hâlés nous atteignons Castelfranco qui se trouve être un gros bourg composé d'une immense place publique sans arbres, sans fontaines, sur laquelle le soleil darde à plomb des rayons dévorants. Pendant que notre déjeuner s'apprête, nous courons à la Cathédrale pour y faire provision de fraîcheur.

Une bourgade comme Castelfranco, y passer, y déjeuner même, c'est tolérable, mais y vivre, pour nous serait affreux. Rien n'y rappelle nos habitudes, rien n'y répond à nos besoins, rien n'y sourit à notre façon de comprendre l'existence, et, en vérité, il nous est arrivé de songer quelquefois que la captivité elle-même, dans notre ville natale, nous serait plus supportable que la liberté dans un pareil exil. Les maisons y sont immenses, ouvertes de toutes parts, sans trace d'asile domestique et natré; les gens y vivent de bout, oisifs, s'entretenant bruyamment entre eux, ou s'étalant pour dormir à l'ombre; les boutiques y sont des étalages de denrées, de victuailles, d'étoffes, et nulle part un libraire, un marchand de papier, de meubles, ou d'élégants ustensiles, aucun indice de vie intellectuelle, de vie de cité, d'art d'aisances aisées. Ce n'est ni la solitude, ni la société; et pour ce qui est de ce commerce avec la nature qui peut à la rigueur tenir lieu du commerce des hommes, il n'aurait existé ici, ou la haie voisine, le mur prochain, suffisent pour masquer la vue des campagnes; où le sol d'ailleurs, partout cultivé, ne présente nulle part de ces espaces librement visités où, guidé par la trace foulée d'un sentier, vous allez chercher loin des habitations, un calme indolent et rêveur.

Le fameux recommencement l'on nous sert au bout d'une grande heure le plus menu petit échantillon de déjeuner qui ait jamais contristé des affamés. Il est vrai que nous avons demandé du café au lait, mais uniquement parce qu'il n'y avait pas autre chose; or, pour le café au lait, rien n'égale la fabuleuse impériale, la gazetière pyramidale des Italiens. L'on dirait des sauvages de la mer du Sud à qui l'on aurait commandé des œufs pochés pour quatre.

Au sortir de Castelfranco, ruban prodigieux. Nous employons à le consommer nos trois grands quarts d'heure. Heureusement voici à l'autre bout un charcutier qui vend de la limonade. Vite on lui en commande un flacon. Pouah! quelle drogue. C'est du petit lait tourné. Cependant, M. Töpffer ayant ouvert sa tabatière, une belle charcutière y prend sans façon la prise qu'il allait s'offrir à lui-même. Après que cela s'appelle le piccolo pour qu'il ne fasse autant. Le piccolo, n'est autre qu'l'heureux promptif du soucissons et de saindoux, un grand arrosement de qui ne peux présence prise déjà à plein pour ce n'à tout venant. Devant cette charcuterie champêtre, et à l'ombre des platanes des cochers boivent, des carrioles attendent, un aveugle mendie, des rosses attelées chassent les mouches, et secouent leurs grelots.... voilà tout composé à fleur d'eau bleu flamand, le tableau suisse, le tableau de Teniers, le tableau de Lesage, le tableau de tous gays, et toujours gais, récréatif, attachant, poétique même, quand après avoir été bien étudié, et spirituellement senti, il est ainsi rendu finement et avec vérité.

Encore ici un trait qui se perd; plaisez, peintres, vos

manières, que votre cœur se serre! Qu'est devenue dans nos mœurs l'hôtellerie, ce théâtre si animé jadis, des rencontres inattendues, des réunions improvisées, des aventures romanesques, et quelquefois des plus brillants dénouements! Que sont devenus ces muletiers qui s'y rencontraient, amenant sur leurs bêtes de gros prélats, des hautes lieues folâtres, une timide et tendre âme dont la beauté frappait tous les regards, dont la mélancolie intéressait tous les cœurs, dont la grâce retracée par un Cervantes ou seulement esquissée par un Le Sage, encore aujourd'hui nous charme et nous rend amoureux d'un doux mais, d'une ombre vaine!... En lieu de cela, des hôtes fashionables, des sommeliers en frac, des voitures de poste, des voyageurs muets, affairés; plus d'aventures, plus de mouvement, de diversité, de naturel, de bonhomie; une rogue vanité, la gêne, la mode, la vogue, et à la place de cette hôtesse divine qui aussi pour qu'elle est éprise, franchit le seuil accompagnée de tendres vœux et entourée d'égards volontaires, des larges empanachées, de candides demoiselles qu'accompagne un laquais, qui entourent des égards à prix fixe! Voilà ce qui nous reste; et bientôt la vapeur, bientôt les Wagons, d'un bout du monde à l'autre auront balayé ces débris.

Aussi, romanciers de nos jours, se tira-t-il plus, commun, ignoble quelquefois, si, au lieu de peindre ces cailles qu'a-t-emporté, si dégoûté de tout ce qu'il s'offre à la vue, il se rabaisse dans l'histoire, ou il se retire, comme fait Sand, dans sa propre pensée, pour en étudier les fantaisies et pour en créer les dérèglements; si jeté et dans passion, philosophe sans morale, femme dans ses rêves il ne sait créer que des types vénéneux, des sages monstrueux, des héroïnes sans naturel et sans grâces, furies sans tendresse, amantes sans pudeur, incompétées à bon droit, est-ce bien la faute? De la roi, pour ma part, car des plus ingrats débris de mœurs, des sentiment de passion; il y a plus à tirer pour l'art que le cultivé que du sarcasme, de la doctrine, du type ou du monstre; mais, j'en conviens, m'as accablé, puisque pour ce n'est pas de peindre trame-qui s'y sont les yeux que le branchage décharné des chêne d'hiver, qu'il faut attendre des tableaux de doux soleil et de riante feuillée.

Encore quelque chose pourtant des conteurs de l'antique Hôtellerie dans certains cantons de l'Italie. Outre ce concours d'oisifs et de flâneurs, de buvet et de musiciens; notes si pittoresques par stimulet des vives couleurs, des voix expressives, des rires folâtres, et des accents plaintifs, on y voit s'arrêter devant le seuil de l'auberge, tantôt une troupe de jeunes filles, qui pressées sur un chariot font quelque folle équipée, leur gaîté les trahit, et leur rougeur les protège, tantôt un moine, deux prêtres, un bel fat cavalier, tantôt encore une grand dame qui semble fuir des beaux détestés, ou gagner secrètement quelque retraite enchantée. On y retrouve aussi dans les petites villes, l'hôte de race, l'hôte à traditions, gros de l'endroit, avide et probe, avec à propos, secourable au besoin, maître, si son épouse le lui permet. Personnage toujours le même et qui les bons romanciers du vieux tems, toujours divertissant, à jamais regrettable!

Au coucher du soleil, nous entrons à Mestre; c'est ce cité ci le seuil de Venise. Point de lagunes encore; point de mer et pas de gondoles; nous nous étions figurés la chose tout autrement. Mais à la place, une vieille peuplade d'ouvriers de port, de pêcheurs, de gondoliers, une multitude pressée de jeunes filles, de vieillards, d'hommes basanés, qui, les jambes nues, la veste sur l'épaule, s'adossent aux piliers, stationnent sur les places, se groupent autour des spectacles en plein s'ont assis à l'appris et au son du Traversaro ou d'un jour à fêter l'heure en venue, et les fraîcheurs de la soirée. Notre troupe qui survient, attire les regards, et provoque les remarques de cette foule oisive: D'abord l'on ne devine point ce que nous pouvons bien être, mais après que l'on nous a vus gagner l'auberge fashionable; après surtout que du haut de l'impériale de notre omnibus, et à laque de tout le peuple, le cocher a tiré de la vache et remis à chacun de nous son harnais au propre et bien conditionné, nous sommes définitivement proclamés Anglais.

L'auberge ici n'est pas du nombre de celles dont nous venons de parler. Dont l'hôte un hôtesse? des géants seulement, qui font les affaires de capitalistes absents. Abominable système, au demeurant, extrême et dernier échelon de l'hospitalité dégénérée. Ces gens sont là comme le cormoran, et aussi gracieux uniquement pour fondre sur la personne, même en proche et dégorger. Il nous font payer si peu d'or le droit de franchir leur seuil, après quoi ils recommandent au cuisinier de nous bien affamer; puis, retournant à leur fainéantise; ils ne s'occupent pas plus de nous aujourd'hui qu'ils ne s'en occuperont hier à pareille heure.

Bientôt que nous sommes installés, Mr. Töpffer fait partir Baird pour Venise, avec l'ordre de nous y retenir des logements dans quelque hôtel bien situé, et d'y commander notre déjeuner pour demain à neuf heures. Ce pied que, nous allons reposer nos personnes; mais quel gros d'où bateau de l'hôtel, et, aussitôt, de la place, tous les regards se dirigent en vue. Spectacle pour spectacle nous sommes les mieux partagés. Dans cet instant en effet le soleil sur le point de disparaître derrière les lignes brisées qui bornent l'horizon du côté de Vienne, empourpre de ses derniers feux le dessous des branchages, le faîte des bâtiments, la marbre des coupoles, et sans? qu'au loin nous voyons les champs pâlir, et la nature s'assoupir dans un repos solennel, ici, dans la rue, c'est le réveil, le mouvement, la gaieté, le tumulte des cris, des chants, des spectacles. Tout à la fois et à quelques pas les uns des autres, un petit marchand proclame à plein gosier les vertus et le prix de ses nations de cervelas; à droite, un tragique prête-se-vous de raconter à de petits héros de bois qui sont Attila et ses Huns: le carnage est affreux; à gauche, arlequin protège l'innocence à grands coups de batte, plus loin polichinelle raille l'impénitence, bat sa mère, étrangle son juge, pend son bourreau, tant et tant que le diable s'en mêle et l'emporte à son tour. Et pendant que tous ces personnages, jaloux chacun d'attirer de son côté l'honorable public, crient, se démènent, frappent à l'envi; comme au milieu d'une tranquille assemblée de dilettanti, un virtuose de carrefour, roucoule les tendresses d'Almaviva, un vieillard impassible tourne la manivelle de son orgue, et, une malade et délicate enfant accompagne de sa mandoline une mélancolique ballade. Mais chut! le bon vieux se reformer un orchestre qui fend la foule, pousse droit au pied du balcon, s'y balaye une place, salue jusqu'à terre et s'y donne le la . . . . . . C'est pour les Anglais!

Cet orchestre est impayable, normal, caractéristique. Deux femmes, l'une jeune et fière, l'autre grosse mère, à la fois coqsomme et orientale, y tiennent la guitare, une sorte d'horloger ruiné, coiffé d'une casquette de l'autre monde, y souffle débilement dans une clarinette aigrie; un de ces vieillards de place publique, revenu de tout excepté de la bouteille, y symphonise stoïquement sur le boyau desséché d'un squelette de violon, puis un seigneur célte, frais, réjoui, dans sa fleur, avec la plus comique prestesse, du dos salue, du pied aligne, du coude enfonce, du sourire approuve aux bons endroits, et d'un bravo, d'un bravissimo, couvre, écrase les mauvais. Et le plus gai, c'est que ces braves hommes, parfaitement convaincus de l'humble médiocrité de son orchestre, n'aspire pas ces comiques formalités, qu'à remplacer pour nous un douteux plaisir, par un spectacle divertissant, aux fins de rendre nos cœurs indulgents et nos bourses généreuses. Nous rions aux éclats, la musique cesse et ils nous plaisent.

Cette soirée de Mestre nous laisse un vif et brillant souvenir. Plus qu'à Venise même, plus que nulle part dans notre voyage, nous avons surpris ici le peuple italien tel que l'ont fait ses institutions, ses malheurs et son climat: insouvré, pauvre, poétique, avide de gaieté, de plaisir et de fêtes, oubliant avec une merveilleuse facilité en face d'Attila qui hurle ou de polichinelle qui raille, le naufrage de sa fortune et les misères de sa destinée.

Nous nous embarquons de bonne heure. La radieuse sérénité de l'air, la nouveauté des impressions, l'approche du plaisir, et, en attendant, cette paresseuse navigation sur une mer enchantée, tout concourt à nous jeter dans un doux énivrement de plaisir. Plus tard sans doute nous apprendrons à connaître ces molles béatitudes de la gondole, ce bercement insensible où s'endorment les agitations, où se calme le plaisir lui-même, où l'âme tout entière s'assoupit dans les douces langueurs d'un aimable rêve; mais, pour l'heure, nous cherchons de nos grands yeux ouverts où est Venise, inquiets presque, après une demi-heure de navigation, de ne la point voir encore. Au lieu de Venise, c'est une douane insulaire qui visite nos bardes, et nous réclame des droits; plus loin, ce sont des mendiants de mer qui courent d'une gondole à l'autre, quêtant pour la madone et piétant pour les saints: voici, sur la droite, une poudrière, insulaire aussi, et un factionnaire posé comme une quille sur l'angle du bastion. Cet homme, s'il a des goûts exclusivement contemplatifs, doit goûter là le parfait bonheur, et, pour peu qu'on oublie de le relever, il en est quitte pour gagner la terre ferme à la nage et sans mouiller son fourniment. Au delà d'îlots terrassés et de plages mes, on aperçoit une grève lointaine qui court se perdre à l'horizon. C'est la côte..

Mais bientôt, à l'opposite, et derrière une gaze de brume azurée, des coupoles, des minarets, des dômes d'or, des faîtes de palais, toute une féerie d'édifices qui s'érendent à perte de vue, sort insensiblement du sein des eaux, et paraît flotter à leur surface. Emerveillés, à cette vue, nous saluons d'un triple hurra la reine de l'eau.

...driatique, et d'une gondole à l'autre nous nous complimentons joyeusement sur ce que ce mot de désir, et de découragement quelquefois : *Poco un Venise!* a trouvé enfin grâce à nos persévérants efforts une digne et péremptoire réponse.

Toutefois, et les poètes l'ont remarqué, rien ne nuit moins à la beauté qu'une gaze légère. À mesure que nous approchons, la féerie s'éclme, le fantastique s'en va, des murailles se montrent qui ressemblent fort à des murailles, l'on ne voit plus de près que de longs bâtiments uniformes, percés de jours étroits, et un sale canal où s'engage notre flottille. Une eau verte et croupissante y lave les fondations noircies de masures désertes ; point de bruit, point de vie, à peine quelques familles hâves de fièvre et rongées de misère habitent ces décombres encore debout. Ainsi dès l'abord, le murmure des chants amers de *Childe Harold* résonne au cœur, et l'on reconnaît avec tristesse que la belle Venise n'est plus qu'une reine expirée, sur qui vient admirer le magnifique linceul.

De ruelle en ruelle, nous arrivons au grand canal. Ici la scène change soudainement. C'est le bruit, c'est le mouvement, plutôt encore que l'activité ; une population de mariniers et de portefaix qui stationnent sur l'étroite chaussée, ou qui sont occupés de quelque chargement ; des sdruos reconnaissables et agaçants, qui vous s'entrecroisent ; ce sont des gondoles au rivage et du rivage aux gondoles. Des quatre nôtres ont été aperçues : *Hôtel de l'Europe!* nous crie-t-on de vingt endroits à la fois, et aussi nous sommes-nous déjà longtemps avant que David ait pu nous joindre ou nous faire avertir. C'est qu'un étranger n'entre pas à Venise que vingt, que cent gondoliers ne l'aperçoivent, n'épient ses démarches, ne s'enquièrent de ses projets, dont chacun exige nécessairement les services de leurs secours ; et David a eu beau entrer dans Venise, seul et de nuit, toute la gondolerie est déjà au courant de ses affaires. C'est là une police incomparable et toute trouvée, qui a dû rendre jadis d'inappréciables services à l'oligarchie vénitienne.

Sur les bords du grand Canal, l'architecture étale toutes ses magnificences. C'est, des deux parts, une série continue de palais, les uns massifs, à plein des grandes ou à pieds ; les autres simplement ornés d'arabesques capricieuses, d'ogives moresques, de colonnades légères ; partout un goût composite, et sinon pur, dans le sens qu'entendent les doctes, exquis de mouvement, varié, pittoresque, libre, exprimant à la fois et l'âge de l'édifice, et la condition du maître, et la fantaisie de l'architecte. Point de ces longues enfilades de bâtiments assujettis de par une pédante municipalité à être tous uniformes et parallèlement alignés ; système froid et de fausse grandeur, où rien des mœurs du pays, rien des idées domestiques, ne se peint dans le décor de la façade, et dans l'arrangement des ailes et dans la physionomie des balcons, où la pensée individuelle de l'architecte, son savoir, son génie, ses caprices d'élégance ou de grâce, sont brutalement sacrifiés à une prétentieuse régularité, et nul instinct des merveilles de la symétrie. Ici tout est inégal, irrégulier, divers ; et, chose admirable, rien n'est discordant ; tournions, corniches, moulures, cintres, entablements, colonnades, tout s'ordonne, tout vient se fondre en une harmonie riche, animée, somptueuse, et qui serait entière aujourd'hui encore, sans les outrages qu'a reçus de la destinée bien plus que du temps, cette cité malheureuse. En effet, les sculptures extérieures de plusieurs palais ont été enlevées et vendues à des étrangers par leurs propriétaires devenus indigents, d'autres, inhabités et désertes, offrent aux regards les tristes vestiges de l'abandon et du délabrement ; quelques-uns, transformés en magasins, ou en écoles, portent sur leur fronton ou au-dessus de leurs portes l'écriteau antichoises, signes de déchéance et d'esclavage.

Cependant nous cheminons avec une merveilleuse rapidité. À peine vient d'apparaître en face de nous le Rialto, chef-d'œuvre des ponts ornés, que déjà nous entrons sous les ténèbres de son large voûte, pour aller déboucher plus loin dans une mer ouverte, où, tournant à gauche, nos gondoles viennent heurter doucement les degrés d'un superbe palais. C'est notre hôtel. Aussi David, en majordome intelligent, nous a logés dans la plus belle situation de Venise. En face, une mer couverte d'embarcations, des îles chargées d'églises, la splendeur immense du ciel : voilà pour notre ordinaire. Et sous nos yeux, la piazzetta, le palais du Doge, St-Marc et le café Florian : voilà pour nos loisirs et nos fêtes. Comme nous avons fait toilette à Milan, il ne s'agit plus que de déjeuner, et pour ne point perdre de temps, nous arrêtons durant le repas le programme de nos divertissements. D'emblée, et à la proposition de M. Töpffer, il est décidé que, cette première journée sera employée tout entière à flâner, à aller perdre, à parcourir sous le bonheur d'un vicereux, et jusqu'à ce que la terre nous manque, tous les quartiers et les recoins à notre portée. Leurs en effet, si vivre seulement, voir, doivent imprégner plaisir ; ainsi seulement l'esprit désire activement des objets qu'il lui appartiennent avec toute leur fleur, des nouveautés, et, au bout se laisse doucement confié qu'on au profit des musées et des sacristies, il se prend librement à ce qui l'entoure, à ce qui se présente, à ce qui lui plaît, et au simple plaisir...

encore qu'un phénomène, ou vivant plutôt qu'à la momie.

Cette méthode nous réussit. Tenus dans d'étroites ruelles bordées d'étalages surchargés, nous conduyons, nous sommes conduyés, jusqu'à ce que l'espace s'élargissant nous ver... nous tomber d'un sur la place de S¹ Marc. La place du dôme à Milan nous paraît autrefois splendide, mais ceci! Quelle nouveauté, quelle majestueuse liqueur... monumentale, somptuosité et d'austérité massive! Ce portail étroit, ces quatre chevaux de bronze, ces frises ogives, ces dômes lourds, l'or, l'azur, la foule, des pigeons par milliers... là où qui causerait l'étonnement du provincial, même aux badauds des capitales, aussi ne nous gênons-nous en aucune façon d'être émerveillés et ravis. Faisant ensuite le tour de cette vaste place, nous trouvons qu'à doute elle s'ouvrira sur la piacetta, qui s'ouvre elle-même sur la mer. Là surtout plane le glorieux souvenir de l'antique Venise, là surtout le cœur se serre à la vue de ce lion jadis formidable, ce colossal palais du Doge, monument d'insigne prospérité de ces flots où, à la place des fiers navires qui revenaient naguère chargés des produits des deux mondes, l'on voit, qui paraît sur les ancres, une vieille frégate, sentinelle de l'allemand, gardienne suffisante de ces gondoles sans pouvoir et de cette cité sans notion!

Il faut en vérité excuser la tombée des romanciers et des poètes qui sur ce thème de Venise déchue, ont composé tant d'insipides variations, auxquelles nous nous efforcerons de n'ajouter pas la nôtre. L'empreinte du passé est si fortement marquée dans cette ville, tant de même majesté y frappe encore, de si visibles traces d'une regrettable splendeur y assigne de toutes parts l'esprit, qu'il l'homme le plus froid, et à plus forte raison l'homme sensible par métier, le romancier, le poète, remis qu'ils sont réellement par ces spectacles, peuvent bien facilement se laisser par les muses, et pousser à l'hôtel, laisser pleurer leur phrase ou s'apitoyer leur strophe. Pourtant, il y aurait mieux à faire peut-être, et l'étude de la Venise actuelle, où comme au désert, le sable mouvait l'oasis, où se haussent à chaque pas des restes du passé et du lendemain du présent, où tout au travers de l'émouvante joie d'une populace de gondoliers et de chanteurs, se croisent les intrigues de cloches, celles de la politique et celles de l'amour, me semblerait propre ce nous semble à inspirer des pages piquantes et d'attachans tableaux, si aujourd'hui, pour peindre, l'on se croyait obligé de connaître, et pour exprimer, tenu d'avoir senti.

De la piacetta, nous rebroussons chemin pour aller nous perdre dans les petites rues qui forment le cœur encore vivant de Venise. Non, rien de ce qui se voit dans les Églises, rien de ce qu'on admire dans les palais, ne vaut en intéressante et originale nouveauté, cette fourmilière de gent, ce labyrinthe de canaux, ces contructions notre... roies, cette multie... de pontes chargés de passans, et nous lorsqu'ils furent à l'emouvement d'élégantes gondoles. Il y a là tout un monde de réalités piquantes, des souvenirs aux goûts, d'en entre tous en mélancoliques, et pour l'artiste des trésors de formes, de colons, d'étude. De toutes parts en effet des façades accidentées, des frises, des voûtes, des fenêtres, des bouts de corniches ou d'une grâce exquise, ou d'un fruste attrayant, partout des groupes tout composés, des figures imaginées exprès pour lui; et tandis qu'au dans ces étroites rues, le sommet des édifices refléchit les clartés adoucies du dehors, leur base, enveloppée dans une ombre limpide, va se perdre sous cette onde noire des canaux, où, silencieux, tantôt soldaires, les embarcations s'approchent, fuient, s'éclipsent, comme de mystérieux fantômes. Toutes les gondoles sont noires.

Une fois perdus, nous le sommes bien, et il n'y a plus que le fil d'Ariadne qui puisse nous tirer de là, lorsque bienheureusement nous imaginons d'y suppléer en demandant aux passans où est le café Florian. Le café Florian, un café qui réunit tous les soirs jusqu'à cent, jusqu'à mille personnes, un café qui ne s'est pas fermi depuis cent ans, est connu dans Venise comme l'est chez nous la tour de S¹ Pierre; chacun de nous se mettra dans la direction, et nous, d'y tomber tout droit. C'est la merveille leur établissement, c'est la royale industrie! C'est sur la place S¹ Marc: chaises, tables, tentures, sorbets, bonbons, limonades, tout est prêt à toute heure, et pour autant de particulier qu'il arrive, d'un coup d'œil le garçon a enregistré vos trente-six fantaisies, et d'un tour de main il fait surgir devant vous des échafaudages de gâteaux croquants et de boissons glacées. L'un de ces garçons, doué évidemment de cette exquise pénétration qu'un regard sonde les bourses et lit dans les appétits, nous prodigue des attentions discrètement flattées, tantôt prévient, tantôt éclaire nos désirs, et se trouve être au bout de bien peu d'instans notre ancien et fidèle ami. Après que nous nous sommes rafraîchis, bien vite nous retournons nous perdre, mais prudemment cette fois, et comme font des gens qui veulent à coup sûr se trouver autour d'un bon dîner. La chose réussit.

Pendant cet admirable repos le ciel s'embrase peu à peu des feux du soir, et cette mer qui est sous nos fenêtres prend insensiblement une teinte d'azur légère

jour d'une fête solennelle, c'est moins par la réminiscence du plaisir que notre cœur s'y est de plus en plus attaché, que par cette sorte de mélancolique affectation de savourer ce je ne sais quoi que provoque le spectacle d'un déclin anticipé, d'une grande et irrémédiable infortune. Il eut été aussi, quelque sinistre pressentiment nous fait il redouter pour de plus humbles républiques un anéantissement pareil; surtout si, quand la liberté y unissait naguère les citoyens, c'est aujourd'hui un esprit de jalouse égalité qui les divise; si quand naguère amarrée au tronc nerveux des traditions antiques, on les voit aujourd'hui délier les câbles qui ôtent l'ancre tutélaire, et s'abandonner à l'impétueuse rapidité des courants aveugles.

Après quelque séjour sur cette place, nous nous rendons au théâtre, où l'on joue le Barbier de Séville; puis rentrés au logis, le calme, la vue des flots, et aussi ce doux ébranlement du plaisir qui écarte le sommeil des paupières, nous retiennent bien avant dans la nuit sur les balcons de l'hôtel.

Aujourd'hui hélas! cicerone! Celui dont nous allons jouir est une sorte de particulier resque et bilieux, un ancien homme de lettres déclin rapi, aigri, de qui la visible misanthropie contraste assez drôlement avec la profession qu'à coup sur il n'est pas choisie, celle de servir les plaisirs d'une espèce humaine qu'il déteste. Impatient de commencer sa besogne, impatient de la terminer, ce malheureux n'aspire qu'à avoir accompli son supplice quotidien; et quand le fond ténébreux d'un autre sauvage semblerait seul devoir souvenir aux amertumes de son âme en peine, il lui faut à toute heure naviguer en plein soleil, fendre la foule joyeuse, subir les questions étourdies du touriste et le babil enjoué des ladys. Pauvre homme! Il n'a qu'un bon moment, c'est le soir, lorsque tenant enfin son salaire, il voit s'ouvrir devant lui quinze heures assurées de solitude, de ténèbres, de malédiction interne contre les touristes, les ladys, le ciel, la terre, et lui-même!

Notre déjeuner se prolongeant, cet aigre s'en mêla; et est déjà tout violet d'apostrophes rentrées. Pour lui complaire, nous montons une gondole, et nous voilà voguant vers les merveilles étiquetées d'itinéraire. Tous, nous songeons que qu'il y a de plus merveilleux dans chacune c'est l'histoire d'y aller, et surtout d'en revenir. Et en effet, notre chef d'œuvre sur chef d'œuvre, c'est indigeste; lorsqu'on vient de passer une demi-heure à regarder en l'air dans l'entresol d'une coupole, c'est avec une bien légitime satisfaction qu'on s'étend sur les coussins d'un divan. Durant ces courses, notre aigre s'attiédit à la journée, et là, ouvrant son parasol, s'ouvre aussi et s'en... le fiel de ses dégoûts.

Nous débarquons d'abord à l'église San Giorgio. À vous, lecteur, de lire dans quelque itinéraire les belles choses que nous y avons vues, car il ne peut entrer dans notre plan de vous les décrire, et nous y serions, au surplus, fort embarrassé. Cette église doit être un des chefs d'œuvre de ces puissants architectes dont le génie est empreint dans la plupart des grands édifices de Venise; Palladio. On y voit des Tintoret; on y voit surtout dans le chœur des sculptures en bois qui sont bien tout ce que le goût, l'invention, la fantaisie, peuvent offrir aux yeux de plus richement exquis. Les Tintoret ne sont guère portatifs, et à la rigueur l'on peut s'en passer, mais n'avons pas voulu priver... les figurines qui décorent les niches du ce chœur; c'est comme vestibule, mais qui nous sera certainement complète. Et la tentation est d'autant plus forte, que, de ces choses, il ne s'en fait plus. Cet art si gracieux, si vif, si propre au décor familier et de détail, il est mort, entéré; nous, d'un neuvième siècle, nous, humanité avancée, nous en sommes à payer bien cher les plus modestes babioles du moyen âge. C'est que nous fabriquons bien, mais nous n'inventons plus; nous faisons bien des moules qui multiplient indéfiniment un produit, mais nous n'imaginons plus; et nos créations elles-mêmes ne sont que des reproductions matérialisées du beau de la renaissance, du beau grec; on encore du beau de Louis XV, injure ce dernier, mais qui nous va au même titre quelles autres; parce qu'il est tout fait, tout inventé. Voilà en quoi consiste notre progrès. Il a des bons côtés, sans doute; il a des amis aussi, et toutefois, nous mourrons, je le crains, avant d'avoir eu la douceur d'en goûter le nombre.

En effet, cette impuissance de création qui se révèle de plus en plus chez quelques nations avancées par excellence, cette multiplication des produits artistiques qui croît chez elles en raison directe de la stérilité de la pensée, et du déclin de la poésie; est à nos yeux, sinon une preuve manifeste, un signe du moins, et un signe énergique que ce progrès est faux et bâtard. Partant, non pas même de l'histoire, mais seulement de la nature de l'homme telle qu'elle nous est connue, nous n'imaginons pas, pour des sociétés d'hommes, de développement complet et harmonieux en même temps, dès que la tendance essentielle se a... développement est à reconnaître de plus en plus, pour les rayons... du rôle, les besoins de l'imagination, le penchant irrésistible de l'idéal, la poursuite et le culte du beau. Nous n'imaginons pas qu'aucune chance de félicité et de grandeur soit assurée aux nations qui vont vers... baissant de plus en plus l'idée pour la forme, l'intelligence pour le procédé, le sentiment pour la convention, le plaisir moral pour le physique... bien-être; et nous ne savons voir dans ce progrès tant vanté, que la tranquille mais effrayante invasion du matérialisme social. C'est assez pour que nous ne sachions l'aimer; et pour que nous soyons en mesure.

De l'église San Giorgio, nous naviguons vers l'église du Rédempteur. À chaque lieu de débarquement on trouve invariablement deux ou trois gueux qui se disputent l'honneur de poser sur le rebord de votre gondole un officieux bâton crochu, sous prétexte de la maintenir pendant que vous mettez pied à terre. Autant d'occasions pour le touriste de montrer qu'il sait reconnaître de généreux services, depuis qu'il entre dans l'église, dans le chœur, dans la sacristie; puis il sort de la sacristie, du beau, de l'église, autant d'occasions encore; le voilà transformé en bâtiments qui comble à force de largesses tout un peuple de faméliques. Beau rôle, mais coûteux. Dans cette église du Rédempteur on admire de belles toiles de Bellini, la maîtresse de Titien, des chasses incendiantes, et des capucins très gras. L'un de ces capucins se prend à em-

brasser tendrement notre cicerone. Quelquefois, nous raconte plus tard celui-ci, c'était mon élève bonnête et chéri, puis, il se jette dans le vice, tant si tant qu'il m'a connu les pointes, et la pénitence lui est venue. Alors il est entré dans l'Ordaz et aujourd'hui tour à tour il se repent et fait la quête ?

De cette Église nous passons à celle de S. Sébastien. Dès les dessous l'abri du portail, un troupeau de mugres effarés, autre de maigreur et farouches d'avidité, s'élancent sur nous, rompt nos rangs, et nous assiège d'instances à aïeule pour point. C'est le cas d'être bien vite fastueux. Dans cette église, l'on voit des chefs-d'œuvre de Paul Véronèse, et l'on en voit trop, ils se nuisent l'un à l'autre; aussi déjà l'indigestion s'en mêle, et ce montonne polonnage de nef en nef commence à nous paraître un tout dont nous pourrions user plus agréablement. Pourtant nous nous laissons conduire encore à l'église des Scalzi; la porte en est fermée, et le sacristain est à boire. Vite on court le chercher, mais au lieu de l'attendre, Mr Duffer dit d'avoir un cicerone que nous avons, quand aux autres églises, parfaitement harassés; qu'au surplus, il ait à laisser là sa méthode, pour se conformer à la nôtre qui est d'aller à Murano visiter les fabriques de verre. Nous voguons vers Murano.

Nos gondoliers sont jeunes, rieurs, en train de s'élancer. Ils se mettent à l'action de vitesse. Dans ces canaux étroits, sont qu'anciens des gondoliers dont ils ensent les embarcations, songer à craindre pour sa cargaison. Bien plus, obligés qu'ils sont dans la rapidité de leur course de faire place à d'autres ou de ne pas se heurter, entre eux du bout de la rame ils parent à tout, et se trouvent isoler tout en tenant du front, tantôt de file, sans autre entente que ce commun accord qui résulte de l'adresse intelligente des lutteurs. Seulement, par où autres canaux se croisent ou sont divers, ils ralentissent leur marche, et font entendre un cri destiné à avertir tel gondolier qui ne les voit pas encore. Sans cette précaution, à chaque instant, les gondoles embraseraient ou seraient embrochées, et l'histoire d'être confortablement étendu sur un divan, n'empêchant pas le passage d'avoir les dos scié par cette armure de métal qui se dresse à l'avant des gondoles. De lutte en lutte nous nous trouvons de nouveau dans cette mer ouverte au travers de laquelle nous sommes venus de Mestre, et, au bout d'un quart d'heure de navigation, nous abordons à Murano. Crochets, queux, cicerones, officieux pullulent, et des portes de quoi s'arrêter les ouvrages des deux hémisphères; Ceci nous nous hâtons de regagner Venise, et passant cette fois sous le pont des soupirs, nous venons prendre terre à la piacetta, tout à côté de l'escalier des géants, qui est notre chemin direct pour pénétrer dans le palais du Doge.

La magnificence intérieure de cet édifice répond à la splendeur extérieure de Venise. Merveilles d'architecture et de sculpture, décors de toutes espèces, salles immenses, passages d'apparat et issues secrètes, prêtrises d'or, et cachots affreux; on retrouve là intact encore, tous les vestiges de la grandeur, de la force, de l'active ambition d'eux-mêmes d'un faste corrupteur et d'une tyrannie jalouse et implacable.

Les chefs-d'œuvre des peintres vénitiens abondent aussi dans ce palais, et, si nous l'osons dire, nous n'avons pas été bien vivement séduits par les mérites de cette illustre école. Une exécution souvent hardie, une prodigieuse puissance de composition, toutes les richesses et tous les prestiges de la couleur, voilà quelles sont les grandes qualités qui y prédominent; l'exclusion de l'intention poétique, de l'expression étudiée de la forme, surtout de ce sentiment sévère qui, pénétrant au delà de la vivante surface des visages, va mûrir au fond des âmes, pour l'amener palpitant sur la toile, le drame de ton ou de passion dont il aspire à reproduire l'images. C'est ainsi du moins que nous nous nous expliquons pourquoi la telle philosophique du Bungnon nous a plus vivement frappé que n'ont pu faire ceux des chefs-d'œuvre de l'école vénitienne que nous avons eu l'occasion d'admirer durant notre court séjour à Venise.

Il fait très chaud, et le café Florian n'est pas éloigné. Nous allons y faire une halte rafraîchissante, avant de visiter l'intérieur de l'Église de S. Marc, le plus intéressant des édifices de Venise. L'antiquité, l'orient, l'occident, chacun des triomphes de la république, ont apporté à ce temple ou un tribut de magnificence, ou quelque curiosité conquise sur les infidèles. L'architecture y est de tous les âges, de tous les styles, mais byzantine d'ensemble, imposante d'antique majesté, et pour nous, d'une frappante nouveauté. Le parquet y est bossué comme le seraient les ondes agitées d'un lac. Ceci fait retrouvons, au milieu de ces riches parvis, de ces salles submergées où naguère les pé-

cheurs et les pirates poéteront les premières colonnes des Pénices.

Après dîner, nous allons comme le jour précédent passer notre soirée sur la place St. Marc. Même spectacle et même affluence; mais au lieu de la musique autrichienne, ce sont de toute parts des musiciens ambulants, quelques-uns passables, d'autres divertissants. Pendant quatre ou cinq heures, les groupes fashionables circulent ou s'entretiennent, des légions d'industriels nous tout la saison tiens. Celui-ci m'offre que nous lui achetiez un tour de perles, cet autre vous mot des pantoufles sous le nez, un instant après des cure-dents, des cigares, un bouquet, des clous de girofle, de la poudre à moustaches, du caramel, des fulminantes, un p'tit chien!... Bientôt, ma foi, sans peine de ne savoir plus où donner de la tête, nous nous laissons faire, à l'instar des Vénitiens, et l'industrie nous assiège, nous décide sans que nous y prenions garde.

Tout n'est pas pour le mieux dans le plus radieux des climats. Ce matin la plupart d'entre nous, en se regardant au miroir, se prennent pour un autre, tant leur visage est tacheté, bouffi, déshonoré par la piqûre des cousins.

Notre aigu est à son poste. Nous lui demandons de nous conduire à l'arsenal. Cela le contrarie, car dans la Venise en huit journées, de Quadri, l'essentiel aurait dû venir hier. Il ne peut, toutefois, que se conformer à nos désirs, et le voilà qui s'amer et s'épiçerme à notre tête. Les marchands d'accourir sur leur seuil, pour voir passer les venitiens. C'est le nom que nous a donné la rue, tandis que la police a imprimé sur son Bulletin. Mr. Moynier Professeur, avec ses élèves.

Comme nous cheminons vers l'arsenal, voici qu'une belle musique de galops et d'arrettes, nous électrise, nous attire, et guidés par les sons, nous entrons dans la salle du bal.... Oh! des prêtres, avec foule qui prie, tous les signes du recueillement et de la dévotion; c'est une église qui fête son saint Père; on nous présente la théâtre, et au retour de son office de chacun de nous reçoit un petit portrait de saint. La curiosité est étourdie.

Arrivés à l'arsenal et pendant que notre cicerone, postule pour nous la permission d'entrer, nous admirons, aux deux côtés de la porte, deux lions colossaux, qui furent transportés d'Athènes à Venise en 1687 par François Morosini. Ces lions qui avaient d'orner le seuil de cet arsenal, ont durant deux mille ans chargés de leur poids les riches du Pirée, sont frappés assurément mais d'une telle vigueur de style, qu'aujourd'hui encore, comme au jour où ils sortent de l'atelier du sculpteur, ils ont leur caractère tout entier de puissance, de fierté sévère, d'imposante et monumentale majesté. C'est qu'ici ce n'est pas la dureté du bloc, ce n'est pas l'ampleur colossale des proportions, qui assurent aux productions de la statuaire une glorieuse durée, mais bien plutôt cette énergie qui empreinte de la pensée humaine, cette justesse de caractère fortement saisie, cette poétique abstraction des attributs, qui, venant à se marquer dans le règne, font survivre aux injures du temps et aux mutilations mêmes des hommes la primitive expression de l'œuvre, conserve, nettent, étendu, l'étincelle de vie, le souffle des grâces, le fond indélébile passion, jusques dans un torse fracassé, jusques dans un faune tronqué!

La porte s'ouvre, et l'amiral en personne nous accueillant avec une amicale politesse, prie son neveu de vouloir bien nous faire les honneurs de l'arsenal. Ainsi, au lieu d'un aigre, nous avons ici pour Cicerone un jeune officier dont l'amabilité personnelle est rehaussée par des manières remplies à la fois de simplicité et de distinction. Tant de courtoisies nous inspire un sentiment reconnaissant qui est le plus doux assaisonnement du plaisir.

L'arsenal de Venise est aujourd'hui encore riche en antiquités curieuses, en armures, en trophées. L'on y voit des drapeaux pris à la bataille de Lépante, et à côté de gondoles d'honneur qui ont été construites pour Bonaparte et sa Cour, un magnifique modèle du Bucentaure. Ces objets nous intéressent moins cependant que la fonderie; que la corderie, et une grande frégate qui est en construction. Du sol, on monte par une rampe de deux à trois étages de hauteur jusques sur le bord de ce navire, puis de là on redescend le long du flanc intérieur jusqu'au fond du bâtiment qui n'est pas encore ponté. Rien n'est plus propre que cette sorte d'expédition, à faire saisir d'un coup d'œil, ce qu'on ne comprend pas si bien en voyant une frégate, c'est à dire au moyen de quelles varèches, desquelles côtes, de quels reins, ces monstres-là peuvent soutenir l'effort de la vague et le choc formidable des flots en courroux. Le fond de cale, nous trouvons un capoum en lunettes, qui guide dans ces profondeurs un pensionnat de jeunes demoiselles.

Ce sont des forçats qui font ici tous les transports et les gros ouvrages. La vue d'hommes enchaînés est toujours odieuse. Ceux-ci sont jeunes la plupart, beaux, et, chose singulière, leur visage respire l'intelligence et la douceur; à peine croit-on surprendre dans leur regard quelques équivoques lueurs de scélératesse. Ils paraissent d'ailleurs bien nourris, point maltraités, et la présence de l'officier qui nous accompagne ne leur impose aucune pénible contrainte. Nous leur achetons différentes bagatelles.

Cependant les heures s'écoulent avec rapidité, et bien des choses nous restent à voir, entre lesquelles il est d'ores nécessaire de faire un choix. Mr Töpffer serait pour l'académie des beaux Arts. L'aïs trouvant les tableaux les plus renommés, mais tout son monde de son tribord et babord à vau-l'eau d'œil, penche pour aller visiter cette frégate qui pourrait bien sur les armes devant le quai des esclavons. Il faut pour cela avoir une permission de l'amiral. Le bon vieillard s'empresse de nous la donner, et ils ont été ses procédés à notre égard qu'il nous semble en sortant de cette maison de forçats, que nous quittons le toit hospitalier d'un ami. La frégate nous est montrée en grand détail. Mais voici que la barque qui nous ramène à terre va s'engager sur un câble où elle s'ommas équilibre d'une toise en quarante façon. Nos mariniers crient, poussent, nettement, l'insulte vont, et, à force de tintamarre, la barque se remet à flotter.

Après cette expédition, désireux nous-mêmes d'être libres, nous libérons notre aigre qui nous fait de maigres adieux et s'enfuit dans son antre. Comme hier, comme avant hier, la soirée est radieuse, mais c'est nous qui sommes changés, et la prévision que le moment approche de quitter ce brillant séjour, assombrit ce quelques images les dernières heures que nous y passons. Déjà il faut penser aux emplettes de départ, aux choses du lendemain, à la blanchisseuse... Beau poème qui finit en prose.

Cependant Mr. Töpffer et Mr. Moynier s'en vont chez le banquier pour tâcher de redemander des chairs à la Bourse Commune qui est maigre à lever sur l'eau. Ils sont parfaitement accueillis, la conversation s'engage et grandit en leur surprise, en apprenant que c'est fort ennuyeux de vivre à Venise. « Vous ne vous figurez pas, leur dit-on, ce qu'est le travail au fond d'une demeure d'où l'on entend ni bruit de voitures, ni murmure de passants, dans une ville où il n'existe pour s'y récréer ni une société bourgeoise, ni un familier commerce de voisin à voisin. Surtout, ne voir jamais d'arbres, jamais de prairies, c'est une dure privation; et si pour aller en famille saluer les champs, nous nous faisons transporter sur la côte, c'est vingt, c'est trente francs qu'il nous en coûte à chaque fois. » Ces rafraîchissantes réflexions font paraître un peu vous ingrats à Mr. Töpffer et à Mr. Moynier cette même côte sur laquelle ils vont s'acheminer demain.

Le dîner est mélancolique, et, au dessert, la blanchisseuse. C'est ma belle dame, qui à sa mise on prendrait pour la Comtesse des Et-savons, tout au moins. Cheveux admirablement nattés, toilette de bal, châle de cour, et langage conforme. En vérité, c'est Nausicaa en personne, qui compte nos chemises et met nos bas en pile. On lui paie son mémoire. Poème encore, qui finit en chiffres.

Nous satins de nouveau, nous retournons à la place St. Marc, nous voulons pratiquer encore le café Florian; mais ce n'est plus cela! Pourtant, Charr est retrouve quelqu'appétit pour du caramel. Tant'effe que me veux-tu? Fulminante, tu me fatigues. Petit chien, tu m'attristes. Hélas! il n'y a plus rien dans la coupe: nous allons faire nos sacs.

Les gondoliers qui nous ont amenés de Mestre viennent nous prendre de bon matin pour nous conduire à Fusine. Pendant que ces hommes jasent et rient sur le perron de l'hôtel, nous faisons nos derniers apprêts. M. Toppfer livre lamentablement des pièces d'écu en songeant que toutes elles devront se payer d'avance, au moment où elles vont s'ouvrir et nous pas lorsqu'elles seront consommées, il semble qu'on ne doive plus rien à personne. On achève nous ne déjeunons pas à Fusine parce que M. Moynier se souvient que l'on rencontre d'excellent café tout le long de la route que nous allons parcourir.

La navigation est fort triste. Au bout d'une demi heure, dômes et minarets se sont évanouis derrière la brume matinale, et devant nous se montre une côte basse, submergée, qui n'a rien de bien attrayant. Nous y débarquons silencieusement. Bientôt, (c'est le prompt et sûr effet de l'en marche,) l'entrain revient, la gaîté reprend le dessus, et les regrets se noient sous l'effet charmant des souvenirs. Mais, de café, pas trace; noyé aussi, excepté dans les souvenirs de M. Moynier.

Le pays est ici pisquedésert. Ce sont des prairies sauvages, où croissent çà et là des arbres d'une sombre verdure et d'un port nonchalamment sévère, et les eaux croupies sorties d'un canal sinueux, ajoutant encore au caractère mélancolique de ce paysage. Ce mesure pourtant que l'on s'éloigne de la mer des fermes, de belles églises, des villes enfin apparaissent; mais, de café toujours pas trace, et M. Moynier est bien coupable.

Pour la première fois aussi nous éprouvons des chaleurs torrides qu'aucune brise, qu'aucun ombrage ne tempère, en sorte qu'aux rongements de la faim vient se joindre l'évaporation des forces. Quelques uns, comme ceux qui dans les naufrages sont jetés dans le canot sauveur, ramènent des toutes leurs jambes vers Padoue; tandis que les autres nagent ci et là perdus et gueulés. Parmi ces derniers, on en remarque un qui a le visage en grand deuil et à l'étiage. C'est Mr Töpffer, qu'une violente inflammation des yeux a forcé de s'éclipser des rives deux biscuits noirs et quatre doubles crêpes.

Cependant voici sur le bord du chemin une cabane ouverte, nous y entrons. Deux jeunes filles y sont assises auprès de la croisée qui a l'opposite s'ouvre en la prairie. L'une d'elles dans presque remarquer nulle arrivée continue de coudre, tandis que l'autre se lève, et attend nos paroles. Nous lui demandons du café. Pendant qu'elle va le préparer, nous contemplons l'agreste prospérité de cette fraîche demeure où ces deux sœurs vivent seules, et, piqués à la fin de l'indifférence de la couseuse, nous voulons savoir d'elle-même qu'une elle se figure que nous soyons. — Ma foi messieurs, répond-elle, avec une insouciance qui ne provient ni de déplaisante fierté, ni de timide réserve. Bien que ces deux sœurs n'aient de jalouse quel la beauté régulière de leurs traits, il nous arrive de trouver que le nom d'âge a leur dieu, et nous adoptons ce nom pour les désigner entre nous.

À une heure nous arrivons à Padoue. C'est une belle ville au dire des itinéraires; mais toutes les villes sont belles dans les itinéraires, pour peu qu'il s'y trouve une cathédrale construite par un architecte quelconque ou un hôtel de ville orné d'un portail et d'un fronton comme tous les Hôtels de ville. Du reste nous n'avons nulle envie de constater et ainsi de Padoue ce n'est pour nous qu'un endroit où l'on déjeune dans une salle fraîche, en compagnie d'un abbé, et dans la patrie de Tite Live.

Cet abbé mange à sa table, lentement, à bravement, avec une méthodique quiétude, et de façon à vivre deux cents ans, si réellement les maladies et la mort provisoirement sont abolis de quelques principes d'hygiène, ou de quelque modération de régime. Sans ménage, sans soins, sans patrie que l'église, et uniquement occupé d'entretenir sur son visage les fleurs toujours écloses d'une santé vermeille, cet bon abbé dirige sa bonne petite carriole toute via, tantôt l'air, selon qu'il les route l'accès cellera ou qu'il a pris à des boutes plus salubres, et c'est ainsi qu'à cette heure il fait. Maintenant nous voulons encore de Rome. Comme ceux qui, au fond, n'aiment qu'eux-mêmes, il est tout à tous, il trouve tout bien, il excepte tout les opinions; seulement il blâme le canton d'Argovie de n'aimer pas les moines.

Les cafés sont la gloire actuelle et Italie. Berceau batte avec Padoue, Padoue rivalise avec Vienne, et de toutes les sortes d'architecture, jadis florissantes dans cette belle contrée, l'Architecture de café, est la seule qui, au lieu de dépérir, va se perfectionnant, s'enrichissant de plus en plus. Le grand café de Padoue est gigantesque; l'on dirait un édifice public. Hélas! s'est donc bien vrai qu'aux arts d'un peuple, l'on connaît quelles sont les mœurs, quelle, sa destinée! S'indolence la fainéant, les frivoles causeries, remplissent pour l'Italien, les heures oisives, les loisirs forcés d'une existence toute privée; et pendant que ses maîtres lui font ses affaires, il tue le tems sous les riches lambris de ses cafés. Là du moins, il est avec les siens, rien ne l'y offense, rien ne l'y attriste; c'est sa forum, c'est le dernier vestige de sa vie publique et nationale. Les cafés italiens sont en général, non seulement plus élégant, mais de bien meilleur air que les nôtres. L'avais ou n'y fume. La société y est à la fois ni la plus cn bon ce qu'il faut, et l'élégance, le bon goût des manières y sont en accord, bien mieux qu'ailleurs, avec la fraîche propreté des rafraîchissement et la somptueuse simplicité des salles.

Une chose encore nous a agréablement frappés dans les cafés d'Italie: c'est l'ampleur des choses servies, la confiant bonhomie avec laquelle se règlent les comptes, l'absence de toute parcimonie, de toute cupidité apparente. Il semble que l'on soit chez de généreux amis dont les serviteurs respectueux ont reçu l'ordre de vous traiter avec tous les égards et toutes les attentions possibles. Les garçons sont pour vous braves, non seulement plus intelligens, et d'une activité incomparable. Il faut aussi que quelque amplaur y fait pas voleur d'argenterie, ce ; vous le voir, alors que tous les abords du café se remplissent de monde, alors que, comme à Venise, les tables, les chaises, s'ent d'avancent dans toutes les directions, jusqu'à remplir aux trois quarts la place de St Marc, les plateaux circulent, voyagent, vont se poser à cent pas des uns devant des contenues d'inconnus, sans que rien ne soustrait, sans que personne du moins paraisse épier les fripons, ni toiser les honnêtes gens. Il faudrait avoir essayé de la chose, avant de pouvoir affirmer qu'elle s'y passerait de la même manière.

L'omnibus de Bologne est toujours avec nous. Dès ici M. Töpffer y adjoint une route de Berlingue pittoresque, et nous partons tous en voiture. Après nos fatigues passées, et sur cette route grillée au cordeau, c'est certes bien aimé. Mais quel sommeil ! Partis à trois heures de Padoue, il est vrai minuit quand les voitures venant à s'arrêter, nous nous réveillons en sursaut. Chacun de se frotter les yeux sans y voir plus clair. C'est notre cocher tyrolien, qui prend ici deux chevaux de renfort. Les siens, accoutumés à l'air des montagnes et aux routes moins poudreuses du Tyrol, dépérissent à ce genre de besogne, et le brave homme en est tout attendri. Nous lui faisons comprendre alors que, dès ce soir, nous le laissons libre de rompre le pacte qu'il a fait avec nous, mais cela ne le console pas du tout, ni nous non plus.

Pour repart. La nuit est certainement plus belle dans ces vastes plaines qu'elle ne l'est dans nos vallées, où, de tous côtés, d'obscures hauteurs tiennent comme derrière un écran le majestueux pourtour du dais étoilé des cieux. Déjà moins de mystère, mais plus de magnificence ; sans compter un calme aimable que ne troublent ni la voix des torrents, ni le murmure des vents qui tournent les cimes ou qui s'engouffrent dans les gorges. Au surplus, voici un atroce tapage, c'est le pavé de Vicence. Nous allons loger à la lune.

À la lune, l'on est très bien. L'hôte, vrai pauvre tout dévoué à l'honneur de l'ordre, salue profondément, parle bas, propos discrètement, et se conforme de point en point aux règles d'une étiquette excessivement solennelle. Par malheur son sommelier est un petit bonhomme étourdi, qui lui cause d'infinis embarras, et des angoisses de regard sans cesse renaissantes. Ce la fin tout vient à bien, et sensibles aux soins de ce brave homme, nous lui marquons notre contentement. Le voilà aux trois quarts payé de ses sueurs. Vivent les gens qui ont l'esprit de leur état.

Ce matin, notre hôte, tout de noir habillé, nous fait la conduite jusqu'aux portes de la ville, où des voitures nous attendent. Mais voici qu'au moment de s'y placer, l'on découvre que trois ou une chambrée manquent, qui doit encore du plus profond sommeil. Aussitôt l'hôte, tout de noir habillé, court nous chercher notre chambrée qui ne tarde pas à arriver à moitié quatre et dormant d'un œil encore.

Mais il y a des jours où la fatalité s'en mêle. Le me bure de Vicence, voici M. Töpffer qui s'aperçoit à son tour qu'il y a laissé son livre à dessiner, tandis qu'au même moment M. antier découvre que la canne d'not encore dans l'angle du salon. Et vite M. antier de repartir pour Vicence, accompagné de Cyzly. Outre notre grand canot de voyages dont il est conservateur et chef et qui pourra servir à le guider dans cette expédition, M. antier joint d'un vocabulaire — carnet qu'il s'est composé à Genève, et au moyen duquel il a en poche tout ce qu'il lui faut d'italien pour se tirer d'affaire. Il part donc, aventureux et même, et bientôt, les poudreux tourbillons que soulèvent nos trois voitures, l'ont dérobé à nos regards.

La grande route est ici rectiligne toujours, mais large, bordée d'arbres, animée par le mouvement des passants, des bestiaux, des carroles; en somme, gaie et récréative. Du reste, le paysage il n'en est plus question. Quelques arbres plaisent, mais l'on ne voit rien autre qui puisse former un ensemble; point de constructions riches, point de hameaux non plus, mais de loin en loin des bourgades blanches, spacieuses, sans ombrages, quelques villes dont le portail mythologique est tout chargé d'emblèmes et de statues. Pour nous autres Suisses, qui sommes accoutumés à aller chercher aux champs une agreste demeure, bien boisée, bien secrète, un air de frais et tranquille, ces villes brûlées, décorées, banalisées, où tout est en peinture jusqu'au calme, même l'ombrage; nous épuiseraient bien la plus ridicule des guitares où un honnête homme puisse aller rôtir ses vieux jours. Surtout ces blanches statues posées partout, brillant rien qu'à les voir, et vous inspirent un parfait rassasiement de la chose. J'aime, que me veux-tu! Jupiter qu'ai-je fait? Bacchus va te promener. Toutefois il ne faut pas oublier que les Italiens consomment en sieste les heures brûlantes de la journée; et que c'est quand les fraîcheurs de la soirée forcent le compagnard de nos contrées à regagner le gîte, qu'ils les quittent, eux, pour saluer le crépuscule et pour prolonger jusque dans la nuit leur promenade; bienfaite, meilleur cause riel. Alors ces dieux animent l'ombre, égaient les ténèbres, plaisent à l'imagination, et ces mêmes statues dont l'éblouissant éclat blesse durant le jour le regard du passant, deviennent les pâles ombres qui ornent et peuplent à la fois les nouveaux du bocage.

Cependant Plautier, semblable à Ulysse qui cherche Ithaque, nettoie, repart, tombe aux mains de cochers frippons, rencontre des aumôniers algériens, et s'entortille dans toutes une Odyssée de mésaises et de calictures. Arrivé à Sienne, vite il s'est bien caverné, il cherche ses mots, il compose sa phrase, puis accentuant son élocution, il réclame la livrée de destin. ... on lui apporte un saucisson. Plautier accepte la chose, cherche et livre; retrouve sa came, demande une voiture. ... on lui apporte un fouet; un voiturier. ... on va lui chercher un cicérone. Par bonheur une calèche vient à passer, il s'y jette; mais elle le mène à Rome; il entre dans une autre; on lui demande vingt francs; bien vite il saute à bas; alors ce n'est plus que six francs; il y entre et se trouve face à face avec un aumônier qui parle toutes les langues que l'univers ne parle pas. C'est égal, on tête carnet, moitié latin, moitié patois de Calais, Plautier s'entête, la conversation s'engage, s'anime et devient, pour inintelligible qu'elle soit, si intéressante, si instructive, qu'on se sépare à regret et en se comblant d'amitiés. Mais hélas, tout est heur et malheur dans les Odyssées; à peine la calèche est-elle éloignée que Plautier découvre avec stupeur qu'il y a laissé attachés et de Mr. Töpffer deux magnifiques portemanteaux, et par délé envers ceux qui l'accusaient de n'être pas le plus soigneux des hommes, il fut nommé le conservateur en chef. Tout est perdu cette fois, et la carte est à l'honneur!

À Villanova, si nous déjeunons aujourd'hui, l'on nous sert des poulets au riz, des poulets au sel, des poulets à toute sauce, et nous sommes en train de faire une chère à la fois prévoyante et rétrospective, lorsque des conviés viennent à pêcher dans le riz une grenouille et deux chevaux. Ah! l'on se regarde, les scrupules s'échangent, les doutes s'entrecroisent, les imaginations deviennent et les appétits se voient dans des marécages de dégoûts innommables. Cependant de Plautier sombre comme du charbon noir, dévore des amertumes secrètes encore, et au départ il s'achève l'autre chez de la table de Mr. Töpffer pour aller verser des peines dans le sein d'une des deux autres.

Au delà de Villanova la route ressemble à une belle avenue; et sur la droite, du côté des Alpes, on commence à entrevoir dans le lointain quelques hauteurs. Nous croisons des passants, des charrettes, des marchands équilibrés sur la croupe de leur âne; des sortes de cédrates qui du haut d'un étroit phaéton, suspendu sur de vastes ressorts fouettant, aiguillonnent leur bandolette, et enveloppés de tourbillons de poussière, ressemblent par mal aux mêmes, à la voiture pendue dans la rue. Au coucher du soleil, nous en trouvons dans Vérone. Tout dans cette ville nous attache et nous plaît, son air d'antiquité, ses constructions, la foule qui encombre ses rues et jusqu'à la curiosité bienveillante dont nous sommes l'objet de la part des habitants. Pendant que David va nous chercher un gîte, nous profitons des dernières heures du jour pour aller visiter l'Amphithéâtre.

L'amphithéâtre de Vérone construit vers la fin du premier siècle, est l'un des restes les plus intacts de la colossale architecture des Romains. L'enceinte extérieure seule a été détruite, encore en reste-t-il quelques parts encore debout, qui impriment au monument la milanique majesté des grandes ruines. Intérieurement, tout est entier, gradins, tribunes, vomitoires, le front romain seul y manque; mais l'imagination l'y place, l'y écoute, l'y voit circuler, applaudir, et au gré de ses caprices, tantôt pour mettre au gladiateur de vivre, tantôt l'un ordonner de mourir avec grâce. Quel spectacle! et quelle terreur pour un jour! Tandis que les feux mourants du jour bordant d'un filet d'or l'arc sombre des derniers gradins, déjà l'ombre règne au fond de la vaste enceinte; le mystère s'y étend, les apparences s'y confondent, et il semble que du sein de ce silence, du milieu de ces ténèbres, la voix du poète s'élève plus distincte encore et plus éloquente.

David nous a logés au grand Paris. Nous y trouvons un détachement du pensionnat des Jésuites de Fribourg. Ces messieurs, au nombre de quinze environ, voyageant dans un grand omnibus à trois chevaux qui les porte à Inspruck; ils paient cette voiture 40 francs par jour, retour compris. Ce n'est pas cher, mais à la longue on doit être monotone de s'emballer chaque matin dans cette voiture. L'hôtel est labyrinthique au point de ne s'y plus reconnaître, d'ailleurs bon, rempli jusqu'au comble, et bruyant comme une vraie charretterie; sans compter une sérénade qui éclate dans la nuit.

Ja nous nous séparons de notre brave cocher Tyrolien. Après quelque séjour à Riserva, pour faire reposer ses chevaux il compte de là regagner Bolzen par la route de Roveredo qui longe directement le cours de l'Adige. Nous lui souhaitons bonne chance, et lui faisant nos adieux, nous le quittons à regret.

Lac de Garda

Bergame est à quatorze lieues de Bergame où nous voulons coucher ce soir. Aussi, dès trois heures du matin nous sommes en route. Cochers, voyageurs, harnelles, tout sommeille encore; et la machine entière n'est qu'un rêve qui trotte comme un fantôme, le long d'une apparence de lac, où se reflétissent des signes d'étoiles.

Une seule personne peut-être ne dort pas; c'est un amateur qui, toutes les rares fois qu'il est forcé de se lever avant le soleil, profite de l'occasion pour bien regarder comment s'y prend celui-ci. Que d'harmonie, que de majesté, que de solennelle lenteur dans ce réveil de la nature; mais si l'impression est vive, si elle se grave dans le souvenir en traits augustes, au moment, elle est triste, mêlée de frisson, presque ingrate, et ces feux qui chassent le mystère n'ont pas le charme de ce mystère où, le soir, s'endorment les campagnes déchirées. Oui, du jour, c'est le couchant qui nous plaît; des saisons c'est l'automne qui est notre préférée; de la vie elle-même, si tant de voix n'étaient là pour nous contredire, nous penserions qu'une vieillesse saine, riche en fruits mûrs et en fruits tombés, calme et reposée comme l'arrière saison, comme elle voisine du sommeil passager de l'hiver, est encore la portion la plus désirable. Qu'ipuissent du moins ces dernières illusions nous leurrer quelques années encore. S'il est vrai que le déclin des jours, une fois que l'on y est entré, paraît amer, puisse quelques années encore notre cœur se complaire aux pâleurs et aux défaillances de l'automne; s'il est vrai que ce sont les froides atteintes de la caducité qui seules portent le vieillard à préférer au charme poétique des feuillages jaunis, le retour des tiédeurs printanières!

Un jour, Plantier voulant contempler l'horizon cherche ses lunettes. Perdues! On cherche aussi Léandre, qui est retrouvé au fond de la panière du cabriolet, où il rêve qu'il dort sur son banc. Plusieurs se flattent, Monsieur Töpffer entre autres, d'avoir joui des spectacles de l'aurore; et, chose singulière, tandis qu'un seul a veillé, il se trouve à la fin que aucun n'a dormi. La discussion est ouverte, la discussion continue; mais voici Brescia; voici le déjeuner; et personne ne demande plus la parole.

Brescia nous a paru être une ville jolie, riante, toute peuplée de cicerones qui vous obsèdent, et de chaudronniers qui tapent sur des bouilloires. On y a des canuts pour

Tout ce débat a lieu au débotté, moitié sur le seuil, moitié entre les roues des voitures, aux cris de gare! au tapage universel des arrivants, des partants des gens lisses, des chiens qui se ressent, des poulets qu'on tue, des poulets qui rôtissent, de la foire illuminée et glapissante. Dire entrez, et le tapage s'accroît, la confusion est organisée. Au beau milieu de la cour des dames panachées, tiennent comptoir sur une estrade. De toutes parts des gens dînent, en haut, en bas, dessus, à côté, de l'eau! du vin! une lumière! des

mur-dents! Et les sommeliers d'accourir, de se croiser, de se transmettre au passage des Hyri- elles d'ordres pressants, y compris un reproche et deux calottes. Cependant un bourgeois des- cend en bonnet de coton pour réclamer sa paire de mouchettes, et trente six voituriers de lui offrir bien vite une place pour Bologne, pour Milan, pour Florence, pour Naples! Ceci ne distrait en aucune façon des négociants qui traitent une affaire en face d'un stadium qui bâille d'un particulier qui fume, d'un solitaire qui règle sa montre, d'un voyageur qui promène sa migraine, et d'un autre, qui souffrant et embarrassé, parcourt les galeries, lit tous les numéros, essaie de toutes les portes, et finit par faire que ma lui injuries, au tout

de l'une d'elles. Tumulte, cohue, Babel, et nous, au milieu, qui courons cherchant des chambres, voulant souper, soupant enfin, des champignons qu'on nous lance; des sauces qu'on nous abandonne.

On ne dort pas du tout à l'hôtel de la Ganache: c'est que le vacarme y est constant, ininterrompu, parfaitement égal du matin au soir et du soir au matin. Ce sou devait Mo

Moynier a le plaisir de voir tout près de lui l'emplâtre retourné de Madᵉ Pécrin, mais en même tems il découvre avec effroi qu'il a dormi au milieu des dossiers accumulés d'au moins cinquante.

Incertains encore sur la route que nous voulons prendre, et sur le mode de transport que nous choisirons, nous allons en attendant visiter la foire. C'est au centre de la ville, tout un Babylone de boutiques et d'étalages, et les bergamasques des montagnes venus les uns pour voir les autres pour acheter, qui flânent ou qui marchandent. A l'angle de cet immense bazar tout encombré de peuple et de richesses, trente six baraques abritent trente six spectacles de toute sorte; géantes, nains, cirques, marchottes, rhinocéros, marionnettes, phoca vivi, et pendant que de gigantesques toiles destinées à attirer la curiosité à la fois défiante et crédule des paysans, étalent aux yeux toutes les monstruosités des cinq règnes, trombones, musiques, paillasses, cavalcades, sonnent, crient, paradent, gesticulent ensemble et à l'envi dans toutes les directions. Tout au milieu, un patissier ambulant frit, délivre, se pavane des merveilles; un confiseur en plein vent prête son jus de réglisse, il l'aune; et le vante; il l'écoute, un marchand de cirage attrape le pied d'un montagnard et il lui cire bon gré mal gré son sabot, tout en lui exposant avec une incroyable volubilité les incomparables propriétés de sa composition, l'avenir prodigieux de la chaussure, les familles heureuses, la société parvenue au plus haut degré de luisant... et le bonhomme ébloui, fasciné, béant, se laisse faire, achète, paie, s'en va, un sabot ciré, une boîte à la main. Rien de plus amusant que d'être spectateur paisible de ces scènes si animées. Désintéressé soi-même; on observe mille traits de nature; on remarque de comique naïveté qui s'en reviennent éclore tout à côté de vous, et l'on remarque jusqu'au sein de la foule et comme grossièrement encadrés dans ce tumulte universel, une jeune fille pensive, une mère inquiète, ou bien encore quelque vieillard qui assiste, amusé, recueilli, à ces plaisirs qu'il ne partage plus. Aussi nous nous oublions à cette foire, et nous y serions encore sans la faim qui nous chasse vers le déjeuner.

En attendant, onze heures ont sonné, et il s'agit de prendre un parti. Les voituriers nous font des prix insolents; nos jambes sont reposées, les montagnes ne sont plus bien loin: autant de motifs pour partir à pieds. Chacun fait donc ses apprêts et charge son bac, pendant que M. Töpffer qui vient de payer et l'hôte et la sommelière, se voit poursuivre par toute une hiérarchie de garçons de plus en plus subalternes qui se démasquent les uns après les autres. C'est d'abord le gros, tenez; puis c'est le spéciale, tenez; puis les poêlières, tenez; puis l'arçote de notre, tenez. Même situation absolument que celle de Lamirge lorsque tombé au pouvoir des Turcs, il serait hardi d'abord, puis mis en brochet, puis exposé à un brasier enflammé sous la garde d'un surveillant. Après avoir endormi son surveillant; il se dérobe à pas furtifs; mais attirés par l'odeur de la rôtisserie, les cartins et les matoses, les chiens blancs et les matins noirs, accouraient pour lui sauter sua gindre si subtils et impar... vient de chair grillée. Alors Lamirge se détarant à mesure, leur lança ses conserves fumantes, et les chiens distraits de le poursuivre, s'entre dévoraient pour l'attrape de ces barbes. Ainsi faut-il Lamirge de cette male fortune. Ainsi faut-il aussi M. Töpffer des matoses et des cartins de la Ganache.

Au delà de Bergame, le pays est délicieusement accidenté. Ce sont d'abord de molles collines couronnées d'arbustes, du sommet desquelles se plane sur un horizon radieux; puis des hauteurs plus hardies, des lits boisés de mille et sept bosquets; partout les festons de la vigne, des revêtements de lierre, une végétation aimable; enfin, au delà de Lecco prises, où retournent les creux vallons, les hautes montagnes, Lecco et son lac, Lecco, patrie de Lucia et de Renzo, théâtre d'une naïve, d'une constante et sainte tendresse. Pourquoi Manzoni se tait-il? Pourquoi le roman est-il mort? Pourquoi plus de ces livres qui divinisent le bon, le beau, l'air, les sens d'un coin de terre? Pourquoi tant de livres qui, au lieu d'inspirer cet enchantement savoureux, vous inspirent le dégoût des contrées dont ils parlent? Pourquoi dans le siècle où on décrit le plus, la description n'aboutit-elle qu'à flétrir et à déflorer!... Il serait facile de le dire, mais il est bien plus court de se taire.

Un jeune meunier qui s'en retourne à vide prend nos sacs sur son chariot, mais la chaleur n'en est pas moins extrême, à cette heure du jour et sur ces routes sans ombrage. Aussi M. Töpffer qui vient de trouver de l'excellente bière de gingembre dans une taverne tenue par des fileuses, se hâte-t-il d'appeler à lui ceux qui ont soif. Tous d'accourir bien vite. Par malheur il se trouve que la taverne ne possédait qu'un unique cruchon qu'il vient de boire. Soit digne, soit acéras. Reste pour tout rafraîchissement celui de brûler le peu attendre Caprino.

Caprino est un joli village lombard, tout voisin des montagnes, tout montueux lui-même. On y trouve deux auberges, l'une que nous avons passer vue, et l'autre qu'on nous fait remarquer, sans quoi nous ne l'aurions pas vue. C'est une maison basse au fond d'un potager. Les gens s'empressent de nous servir fourchettes et couteaux, serviettes et dessus de verre, assiettes empilées; pour ce fait, après quoi ils nous demandent ce que nous désirons. Chacun dit son

idée, et mécompte à mécompter, nous nous mettons à dîner du pain dur et du fromage rance car ces gens n'ont rien d'autre. Pendant le repas entre un petit homme qui ajuste un chevalet, y pose son orgue, tourne la manivelle, et nous régale de valses et de ritournelles. Ce petit homme est fort chétif, amoureux de son art, jaloux de son orgue, et tout jaloux de nous dont elle caresse nos oreilles, il nous lance de pirétmans regards, il semble vouloir pour elle notre hommage et même pour notre flamme. Une de ces figures qui sont entre le mid et le sou burlesque, entre le fantastique et le misérable, entre le fou et le poétique. On le comble de centimes, de pain dur et de fromage rance? (ci-dessus, on voit de chemin entre Caprino et Lecco)

Au delà de Caprino, le piéton peut, quittant la grande route, prendre par un secret vallon frais comme une caverne et désert comme l'angle perdu d'un manoir. Nous ne manquons pas de nous y engager, guidés par un meunier encore. Quelles retraites! Sous ombre, sous rocher, pour y penser, pour y pleurer loin de tout regard: on n'est qu'à deux lieues de Lecco. Au sortir du vallon, on retrouve la grande route; on voit le lac au-dessous de soi, à droite et à gauche des montagnes encore italiennes, déjà suisses; et en face les blanches maisons de Lecco qui s'élèvent en amphithéâtre de la rive jusqu'aux premiers rochers. Il est nuit lorsque nous entrons dans ce joli bourg. De l'auberge et avec tout le peuple qui encombre la place, nous assistons à un spectacle de marionnettes. C'est du drame. Des rois et des reines, s'y jouent querelle de tous mortels; à tout moment un grand personnage hurle d'effroyables malédictions, après quoi il expire de vrai au routier; et un autre prend sa place, non moins quinteux, non moins burleur, et non moins tué par le poignard, l'escopette ou le poison.

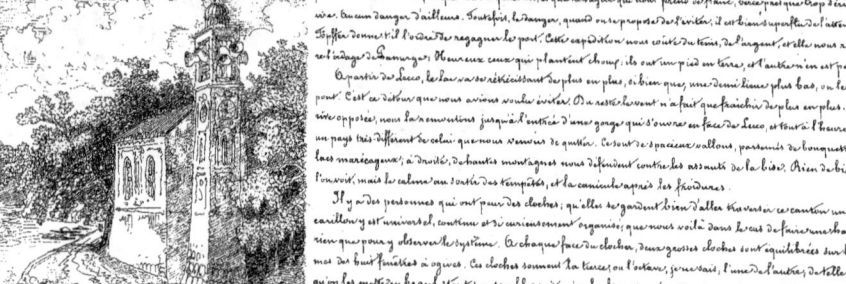

demeurés un grand quart d'heure au pied de ce clocher à regarder en l'air.

Un char nous accompagne, qui porte nos sacs. Ce char est traîné par une mère jument, qui, à tout moment, tourne court pour s'en revenir à Lecco, et le cocher d'admirer tant d'intelligence. Une bête, dit-il, à qui il ne manque que la parole! Pour lui, la parole seule ne lui manque pas, et il en use pour nous conter comment des scélérats d'oncles et de tantes, aidés de tribunaux scélérats aussi, lui ont ravi un héritage de trois cent mille francs. Faute de quoi, il est peintre en bâtiments, et cocher par intérim. Que de gens, même aisés, même riches, gémissent à cet homme; et vous dédaignant l'aveu qu'ils possèdent, à cause des écus qu'ils n'ont jamais dû posséder!

Nous déjeunons à Erba, au son du carillon. On l'enfant mira tout ensemble le lait, le sucre, le café, et on vous le sert en un seul breuvage plus ou moins bon, mais pas plus ou moins sucré. La mode est ainsi, et que ce soit n'y sucre ait rien changer. Nous partons, tous mal repus, pour cheminer le long des chemins graillés et poudreux, que hantent pourtant beaucoup de promeneurs endimanchés. La fatigue, la chaleur, le projet aussi de pousser ce soir jusqu'à Varèse, nous empêchent de jouir convenablement du court séjour que nous faisons à Côme. Cette ville est cependant jolie, intéressante, admirablement située; mais pour la trouver telle il faut y arriver le soir, et n'avoir à y... Démêler avec un Commissaire qui dîne, ou avec un Commandant qui fait la sieste. Dès que notre passeport est en règle, Mr Töpffer loue trois excellentes voitures et par le plus joli pays du monde, à la fraîcheur du soir, et au grand trot des chevaux, nous courons sur Varèse. Cette équipée nous remet à neuf.

A Varèse, nous descendons à l'Ange, chez de bonnes gens. Autant de monde qu'à la Ganache, mais plus d'ordre, moins de désordre, point d'emplâtres. Deux charmans pécelins délignés pour s'occuper de nous, s'acquittent de leur tâche à merveille. Cependant la table se dresse, la soupe fume, les entrées arrivent, que Fairbairn et Scondas font mine en sens de vouloir dormir debout, assis, en brisingues ou en quinconce, les jambes en l'air, la tête en bas. C'est depuis huit jours leur manière de souper. Mr Töpffer alors nomme d'office deux char touilleurs pour chacun. Fairbairn ouvre un œil, Scondas cligne une paupière; un long cauchemar suit, puis le rêve chagrin, puis le demi songe, puis la veille étonnée, puis le moi et le non moi, la soupe, le rôti, l'entremet, le sac et les quilles et bonsoir.

Lac de Varese.

De plus en plus nous jouissons du succès presque assuré tant à l'heure de notre voyage; et semblables à des convives qui, après avoir satisfait aux voracités du premier appétit,

qui se fait prier pour changer vos noms charmans en affreux logographes.

Je n'entre-tiendrai qui n'a rien pris depuis Venise, comme à bonne. Aussitôt, l'ausippelle, on se court après pour se communiquer la grande nouvelle, et c'est dans toute l'île une grande joie. Cependant la balbanque va son train. Beaux aloès, après nonnes, prêtez-moi donc une devise rameaux pour que j'en frotte l'esprit l'année qui s'obstine inongniment à l'arrimon vos charmes......

À l'Isola Bella, botanique encore, mais du moins il n'y a pas rien que cela. Comme un air tandis que d'Isola, Madras d'où nous venons, n'est qu'une ombreuse et agreste solitude, l'Isola Bella où nous voici est un rocher coquettement terrassé, un hexagonal domaine, surchargé de palais, encombré de statues, beau, admirable, enchantant, malgré cet entassement de décors, malgré mille artifices de toilettes. Mais quoi! peut-on faire, à force d'atours et de falbalas, qu'une dame jolie soit laide à voir, qu'un visage expressif ne soit pas attachant, que le plus doux regard, que le plus gracieux sourire nous soit dont insensible! C'est le privilège de la beauté que de triompher, pareil éclat mis sur de la disgrace des affublemens; aussi sera qu'elle est de plaire, cette jeune reine des eaux, laisse dire les envieux, laisse jaser les indiscrets, et tandis que chacun lui voudrait plus de simplicité, elle se console qu'elle, de s'être gagné le cœur de chacun.

Dans seulement le palais est habité. Nous y voyons des Borromée circuler dans les salles, un petit rejeton Boromien surtout qui à califourchon sur son velocipède, court, vole, d'appartemens en appartemens, sans trop songer, pour l'heure, à son ancêtre St Charles. Ce petit bonhomme a bien raison de s'amuser à la façon de son âge, et selon les coutumes de son siècle, toutes fois ce petit personnage paraît dépaysé dans cette demeure historique; et près d'Arona. Ce qui nous paraît déplacé aussi, c'est un coquin parfumé d'ermine; mais J. et s'avoue que nous en juger autrement, si c'était à nous de manger le dîner dont c'est le digne.

De là nous regnons vers Baveno. Vous qui aimez les douces soirées, les flots empourprés, les cieux baroés, les horizons vaporeux, portez-vous ouvrez, car le ciel nous tourn, la nature dé-ploie devant nous toutes ses graces, et vous à choisir, sous les nogers de la rive, des ondes tranquilles. Voici aussi l'hôte de Baveno, le cormoran de ces parages, qui s'étendre dès son ne se, ouvre un vilain bec, et vous vous gobe au sortir du bateau. Ce vorace qui n'adore que les pièces propres, se tache que pour cela; les corpillons, cantonant il a l'air de leur reprocher de n'être pas plus gros, et tour un les gobant il les gourmande. Très brave homme seulement, nous avons espèce d'hôte. Très jolie auberge que la sienne, et tenue comme nul n'est jamais autre; mais inconfortable, plus encore par l'insolente cupidité des maîtres, et l'insolte bourdonnant d'un tas de sommeliers de parade, que parce que nous y avons tous jours été mal nourris, mal servis, mal couchés. De plus il y a des hôtes qui vous reconnaissent après quatre, après cinq fois qu'ils vous ont hébergés; celui-ci vous reconnaît dès la seconde fois et de tout loin, mais il se garde bien d'en rien dire; cela l'obligeant à vous traiter mieux, ou à vous écorcher moins. Très bons hommes, encore une fois, mais sotte espèce d'hôtes. Belle auberge, vilain hôte.

À souper nous mangeons nos poires. Et ces mêmes drôles qui nous laissent mourir de faim, nous offrent à acheter des morceaux monstres. Ah! bien oui!......

Ce matin, à demi heure de Baveno, nous voyons venir à nous une route de centenaire habillé de haillons. Chacun aussitôt de préparer quelques centimes, mais le malheureux qui se trouve être sourd et aveugle, passe en outre dans nous voir, sans nous entendre, et c'est nous qui sommes dans le cas de l'aborder. A peine nous l'avons touché qu'il s'effraie, qu'il supplie. Bien vite nous lui crions de toute notre force et le creux de l'oreille que nous sommes de braves gens tout disposés à lui faire du bien. Son effroi redouble alors, et tout préoccupé de l'idée qu'il est égaré, il veut rebrousser chemin. La situation de cet infortuné, le trouble surtout dans lequel nous l'avons jeté, nous émeuvent d'une vive compassion, et c'est de bien bon cœur que nous lui mettons dans la main, au lieu du centime, un gros écu. Le vieillard, le bon homme comprend enfin de quelle sorte est l'aventure et reprenant sa route, il murmure des prières à notre intention.

Il y a trente ans que cet aveugle se rend ainsi tous les matins de Fariolo, où on le gratifie d'un gourbet, à Baveno, où on lui donne son pain. Dans tout ce trajet la route côtoie le lac, et en quelques endroits elle est chargée sur les côtés des gros bloc de marbre qu'on extrait des carrières voisines. L'habitude et l'imbécillité le guident, personne ne le remarque, ne s'arrête jamais, et de là le trouble où nous l'avons jeté en lui imprimant un moment cette soudaine et effrayante pensée que sur son unique et indispensable chemin, il ne sait plus se conduire. Trente ans! Quelle longue nuit, quel morne silence, et qu'il est digne d'intérêt autant que de pitié ce vieillard qui, ainsi débarrassé, ne murmure pas, mais plutôt attend, espère, et prie. Un pareil spectacle fait songer. Pourquoi lui et non pas moi! Qu'ai-je donc fait pour à voir tout et lui rien! Doutes mystérieux qui ne trouvent d'issue que dans une humble et pieuse reconnaissance; de set ailleurs que dans la consolante pensée de l'immortalité, de la rétribution céleste, de la bonté divine toute juste et toute puissante qui garde sa bonne et légitime part à ce pauvre affligé.

Nous nous arrêtons quelques moments à considérer les carrières, puis, ainsi encore de la rencontre que nous ne nous défaire, un commun sentiment nous rapproche, l'entretien s'engage, et tout à l'heure nous voici arrivés à Fogogno sans nous être presque aperçus que nous avons cheminé rapidement sur une route brûlée. Que c'est dommage qu'on ne puisse à volonté jaser et prolonger cette distraction

Simplon, route actuelle.

C'est toujours foire à Domo. La rue, la place est encombrée d'échoppes et les gens des montagnes s'y fournissent ceux ci de peignes, ceux là de bonnets de laine; plus loin des villageoises marchandent des mouchoirs ou s'essaient des bonquets. Nous trouvons, nous, préférer, à ces bonquets artificiels de villages si frais, si vifs, si scintillants d'or et de cannetilles, quelques choses de plus attrayant qu'un simple bouquet des modistes, et une autre chose encore... nous imaginer qu'une belle princesse qui daignerait par aventure en poser un sur l'âtre d'une de ces cheveux, serait payée en piquant... et en grâce nouvelle de l'honneur qu'elle lui aurait fait. Mais la vanité qui gâte toutes choses, gâte aussi les modes; c'est elle qui même... fait d'atours, et là où les tout, prime, ce qui fleure le rang et la fortune, bien avant d'aimer ce qui n'est vraiment aimable...

Quoiqu'il en soit, les couteaux ne coûtent pas cher à Domo. M'r Topffer s'en achète d'usage pour quinze sols; c'est pour en gratifier les mendiants du pays: le tout sous forme d'essai, après quoi il fera un rapport sur le paupérisme, et un mémoire pour les philanthropes. On donne beaucoup dans notre siècle, mais surtout on écrit sur la façon de donner. C'est un progrès. La philanthropie qui prend la place de la charité. La théorie qui éclaire la pratique tout en la contenant. Ce n'est plus comme chez nos pères, la pauvreté se... plaindre, que... recevoir prompt secours, aumône généreuse et spontanée; c'est le paupérisme, une plaie sociale qu'il s'agit d'étudier surtout, afin de la traiter... administrativement et selon les soins en règles d'une science qui n'est pas encore faite. Hélas! tout tourne à l'encre! Tout finit par des livres. C'est le beau temps des imprimeurs, des pleurs, des brocheurs.

Ruban encore de Domo à Crévola, le seul du Simplon. La Crévola il y a une boutique, de nous bien connue, où, chaque fois, nous nous sommes achété une... Nous sortons de cette boutique portant chacun un pain ou un saucisson en bandoulière et adieu l'Italia, nous entrons dans les gorges. Voici un mendiant, vite un couteau.

A Brigg, à Sion, l'on nous recommandera demain, après demain, de venir taire sur les dommages qu'à éprouvé la route du Simplon; mais après tout, nous n'avons pas promis le secret, et si l'on doit des égards aux aubergistes, l'on doit aux voyageurs la vérité. Cette route, de Crevola à Iselle, est, non pas endommagée seulement, mais détruite, et nos plus mauvais chemins de traverse donnent une idée assez exacte de ce qu'elle est dans son état actuel. Construite trop bas dans cette partie du passage, les inondations l'ont presque partout emportée, et, au lieu de la refaire à mesure sur un plan mieux conçu, l'on s'est contenté de ménager entre les rocs éboulés, dans le lit du torrent ou sur le flanc des moraines, un chemin étroit, inégal, tortueux, et misérablement crevassé. A présent il faudrait des millions pour la remettre en état, et l'on dit que le Gouvernement Sarde, content de sa route du Mont Cenis, se soucie peu de payer pour sa route de Milan. En attendant, le Vallais commence à souffrir beaucoup de cet état de choses, et les aubergistes de ce canton en sont à supplier le touriste qui revient d'Italie, de vouloir bien, quant au Simplon, garder pour lui ses impressions et souvenirs.

Au delà d'Iselle la gorge s'assombrit, se resserre, à peine y reste-t-il place entre la route et le rocher pour un riant petit bout de prairie où nous venons faire notre repas. Cet endroit nous est connu d'avance : des noyers l'ombragent, une source jaillit auprès, et par deux, par trois fois déjà nous sommes venus y consommer nos provisions de Crévola. Quel siège que l'herbe, quel charmant plafond que le feuillage, quel aimable entretien que le murmure d'un ruisseau, quels cuisiniers que la fatigue et la faim ! Vieilles choses qui êtes toujours nouvelles, plaisirs antiques et simples qui n'avez rien perdu de votre fleur, soyez les miens quelquefois encore, soyez ceux de mes enfans ; qu'aïeul un jour, j'accompagne, assis dans la carriole qui porte les vivres, ces jeunes époux, ces frères, ces sœurs, mes petits enfans, qui s'en vont à la fête ; qu'avec eux j'entre sous la feuillée, que je préside au banquet, que j'assiste à ces allégresses si pures, que j'emporte dans la tombe, avec ces riants souvenirs d'amour et de concorde parmi les miens, l'assurance que lents à s'en laisser détourner, ils demeurent fidèles aux traditions de la saine joie et du plaisir véritable !

Pendant que nous mangeons, passe un pauvre voyageur. Nous l'appelons pour qu'il vienne s'asseoir au festin. Mais il prend pour des moqueries ces cordiales avances de notre bande joyeuse, et poursuit son chemin sans ouïr à nos cris, ni regarder à nos signaux. Après quelque sieste dans ce lieu, nous nous acheminons sur Gondo, et de galeries en galeries, de spéculations en spéculations, après avoir éprouvé de brûlantes chaleurs, nous arrivons transis à notre gîte. Le soleil pourtant est encore sur l'horizon, il dore autour de nous de majestueuses cimes, et des nues frangées d'or flottent au dessus de nos têtes.

Notre gîte, ce soir, c'est l'hôtel de Mad.e Grillet. Bon accueil, soins affectueux, souper splendide, lits excellens, tout nous y attend de ce qui rend un soir de voyage splendide aussi, sans compter que Mad.e Töpffer nous prépare la surprise d'un négus. Le négus réussit, mais pas la surprise, à cause de M.r Töpffer qui a mis secrètement tout le monde dans le secret. C'est coupable, mais il lui a semblé qu'en fait de négus, et quand on est transi, l'attente réjouissante vaut presque mieux que la surprise du moment, et que s'il faut laisser aux négus le privilége de vous saisir à l'improviste, il vaut presque mieux aussi ne pas dépouiller les biens de celui de vous sourire à l'avance.

Galerie du Sommet.

Le brouillard est épais ce matin, c'est le cas de s'impermer, Töpffer n'y manque pas. Après avoir pris congé de Mad.^{e} Gallæs, nous partons bien réchauffés, pour nous trouver tout à l'heure plus transis encore que mouillés. Même en été, même dans les plus beaux jours, le matin est bien vivre. Sur ces hauteurs! Voici une bergère, vite un couteau!

Mais insensiblement des lueurs s'éclaircies ont par places, et au travers des vapeurs plus transparentes, le soleil éclaire si et là d'un pâle sourire les herbes mouillées, les mélèzes rabougris; ou bien le vent vient à percer quelque part ce brouillard uniforme, et, au côté des trouées, ce sont d'autres brumes encore qui se promènent, qui se recourbent, qui se dissipent, et alors, comme on s'onde d'autres vues, comme dans un autre monde, plane au haut des airs une cime auguste et splendide. Ce spectacle toujours est imposant, il est propice aussi, c'est l'annonce d'un beau jour. En ce peu semblable à un pâtre des montagnes qui appelle, qui assemble ses brebis dispersées, le vent du matin ramasse en troupeaux de mués ces vapeurs perdues, et à mesure qu'il les chasse vers d'autres sommets, le ciel resplendit, l'horizon apparaît, les gorges se découvrent, les prairies éclatent, et la joie de la nature émeut, pénètre, réchauffe enfin, l'âme engourdie du voyageur transi.

Telles sont les impressions que nous attendent au sommet du passage. Un religieux nous y attend aussi: c'est le père Barras. De tout loin il nous a reconnu et voici il a crié à ses gens de faire cuire un quartier de jambon. Oh la bonne dée, le solide, et d'amoureux accueil! Mais, il faut le dire, ces excellents Pères qui exercent envers les voyageurs de tout pays une hospitalité que leurs égards et leur dévouement personnels rendent si gracieuse et si chrétienne, marquent à tout ce qui vient de Genève une affection particulière, et nous sommes ce moment, pour notre part, que nous n'avons pas hors de Canton des amis plus fidèles, plus sincères que les religieux du Grand St Bernard et du Simplon. C'est bien pourquoi, ces retentissantes brutalités qu'a gratuitement prodiguées neuf Couvents d'Argovie le radicalisme Genevois, nous ont semblé non pas seulement déplacées, stupides, inconvenantes, mais pénibles, et parfaitement propres à l'attacher de nous de bons amis.

Au fond, quel mal élevé que ce radicalisme! Si c'était un homme, un monsieur, vu qu'à cause de sa grossièreté, de son mauvais ton, chacun se ferait un devoir de le chasser de chez soi, ou l'enverrait se quereller avec ses pairs dans les carrefours ou dont les tavernes, et quelque plus vive qu'en bien faite, finirait par le mettre au violon à la grande satisfaction des honnêtes gens. Car malheur et le radicalisme ce n'est pas un homme, en particulier, c'est quelque chose qui sont forme de gazettes, abroie, mord, salit, dérange, irrite; c'est une maladie de corps social, maladie rebelle, inflammatoire, difficile à guérir parce qu'elle est âcre et d'igottante à soigner.

Le jambon est délicieux, gras, fumant, plein de sucs; le pain frais, le vin miraculeux. Après le repas nous visitons l'hospice qui est aujourd'hui presque achevé. L'église, entre autres, vient d'être ornées de peintures par deux jeunes artistes de Paris qui ont fait ce travail gratuitement. Demain ces deux peut-être et pas très grands peintres, mais généreux ce qui les honore des peut, et bien élevés.

Descendre le Simplon pour nous autres, c'est un jeu. Halte pourtant à Berizal où nous nous divertissons à endormicher des poulets. Comme on sait il ne faut pour cela que bien tenir la fourchette l'aile tout en les tenant. Immédiatement la voilà la plus effarée tombée dans les langueurs d'un doux sommeil, et ce serait l'heure de la mettre à la broche dans qu'elle s'en aperçut. Mais, n'avons pas de broche et nous ne sommes pas rôtisseurs.

Dans la montagnes qui fait face à Berizal, du côté du col, on voit du haut en bas une longue jet de tout ce ravines d'arbres abattus et gisans. C'est une seule avalanche qui, ce printemps a fait ces ravages. Des pygmées épars dans cette clairière, gisent et mettent en tas la direction dans laquelle les arbres sont tombés, et à l'aspect très divers qu'ils présentent, l'on distingue parfaitement ceux d'entre eux qui ont été frappés par l'avalanche elle-même, et ceux qui ont été couchés bas par le simple déplacement de la colonne d'air. Parmi ces derniers, il y en a des pins hauts de cent pieds.

Au delà de Berizal on prend par l'ancienne route qui serpente au dessus d'affreux abîmes dont nous avons donné ailleurs le dessin. Un seul arbre s'y rencontre : c'est un pin sous lequel les traînards se mettent à se nommer une heure et ferme en rivières et menus propos. Pourquoi se hâteraient-ils ? Brigg est en vue, David est en avant, rien ne nous n'empêche pas qu'à bas le souper ne s'apprête. Est-il donc si commode de se voir assis sous un pin, suspendus sur un gouffre, et ces loisirs d'auberge valent-ils ces derniers moment donnés aux montagnes que l'on va quitter ? Le bât gai tout. Bien avant que le soleil s'est couché nous entrions dans Brigg, au moment où les carabiniers de la ville y rentraient eux-mêmes, avec en tête, au bruit des tambours et son des fanfares.

L'auberge des Brigg, tenue aujourd'hui par des Vaudois, est excellente. On y soupe bien et l'on y boit d'excellent négus, quand M. Moynier en régale la société. Par malheur voici la diligence qui amène une cargaison de voyageurs à jeun. Ces Messieurs repartent dans une heure ; il leur faut cette taille et nous allons dormir.

Nous voici en plein Wallais ; il faut cette aller mettre rien, comme nous allons hâter notre marche. Dès ici en effet, plus rien qui nous soit familier, et de tous cumérienorad nous avons renons à faire aucun usage de nos jambes, sur ce ruban de deux journées qui sépare Brigg de Villeneuve?

Aussi, entassés sur deux immenses chars à bancs, nous laissons les chevaux faire notre œuvre. C'est l'heure où les paresses légitimement conquises; c'est l'heure où le journalier ayant fini la journée s'assied sous le porche, croise ses bras et repose ses membres. Il ne faut plus alors lui demander de travail, et nous donc vous presque importune la cascade de Tourtemagne qui nous demande de bouger pour aller la voir.

Notre cocher a trois mouvements. Il fume sous prétexte de tabac une substance inconnue. Il se chante à lui-même des airs fabuleux, dans un divin malheur, surtout il dort en tenant les rênes droites, ce qui nous mène dans le Rhône, en sorte qu'à chaque instant nous sommes obligés de lui sauver la vie. D'ailleurs le meilleur voiturier du monde.

A Sierre le voiturier. Les Sierrois ouvrent de grands yeux au spectacle de cet amphitrie, et ils décident que c'est un serpent. D'ailleurs les meilleurs Sierrois de la terre.

A Sion enfin, nous allons descendre chez Madame Morton qui nous accueille comme des amis et qui nous régale de malvoisie. C'est un vin du Vallais qui vaut, s'il ne les surpasse, les muscats de Lunel et de Frontignan.

Du reste, Sion, où nous arrivons de bonne heure, nous semble avoir été plutôt changé qu'embelli par la révolution. On y voit moins de vaches et de bouviers, moins aussi de ces magistrats de vieille roche qui, vêtus d'un habit noir, se rendent à l'église; mais en revanche on y voit plus d'étudiants qu'autrefois, plus de courtauds, plus de cette jeunesse ardente et désœuvrée qui fume des brûlots sur le seuil des cafés.

Les Rochers de Londre

Hôtel Byron

Au jour, nous sommes sur un chariot, où Mde Musson nous approvisionne de poires et de noix. Le temps est radieux, la fraîcheur délicieuse, mais notre cocher tire toujours sur la droite. C'est moins dangereux à présent que les Rhône coule sur la gauche.

A Martigny, la jeunesse a toujours été ardente et développée. Cela pourrait étonner un touriste qui n'y aperçoit que des visages profondément pacifiques et beaucoup de crétins dont ce n'est pas l'ardeur qui est développée. Où Planter se ruine en emplettes de minéraux et Cazaly s'achète une pique. Probablement pour monter en char.

A la poste où nous allons descendre, toute une société nous déjeune avec dedans de thé très chargé et de tartines à l'anglaise. Cette société veut louer un char et le cocher est là qui, chapeau bas, ne demande pas mieux que d'en finir. Mais un moment! L'orateur de la société qui "se défie beaucoup de toute la suite de la continenté" mange tranquillement une tartine entre chacune de ses questions, soit pour avoir le loisir de les bien "calquiculer", soit parce que chaque réponse du bonhomme lui semble "une grande extravagence" qui mérite réflexion. Restant en tartines pourtant, le marché finit par se conclure.

Nous passons devant Villeneuve où l'on bâtit un grand hôtel. Spéculation un peu chanceuse, car, cascade à part, l'endroit n'est pas beau, et il y règne constamment un courant d'air presque trop vif. Lavey, St Maurice, sont bientôt derrière nous. Pour Aigle, où nous partîmes il y a trente cinq jours pour les Ormonds dessous. Voici enfin Villeneuve, la Croix blanche et cette hôtesse qui a un Cathacra. Les Chavet trouvent ici leurs parents qui sont venus à leur rencontre et qui s'embarqueront avec nous demain. Grand plaisir, dont rien ne pouvons autre part.

Ici le voyage est terminé. Dans quelques heures, arrivés là où nos cœurs sont déjà, il ne nous restera plus qu'à bénir la providence qui a permis que nous puissions accomplir, sans accident, sans trouble et sans sujet d'inquiétude, une excursion si lointaine et si aventureuse, mais si belle aussi, et qui comptera pour chacun de nous parmi les plus chers souvenirs de sa vie. Lecteur, je vous serre la main.

Imprimé par E. Schütel.

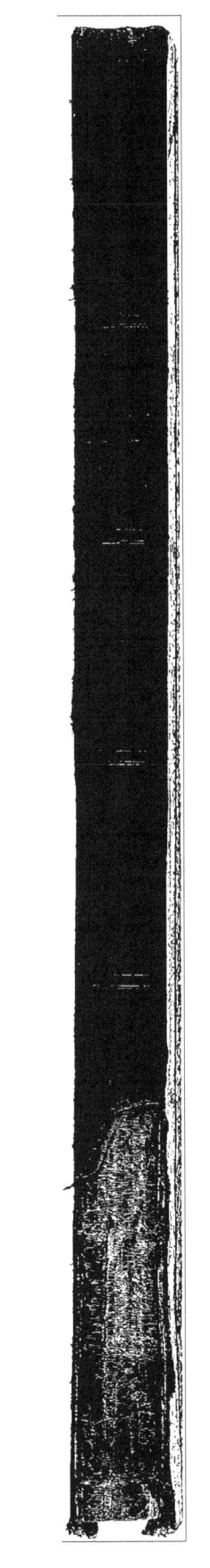

www.ingramcontent.com/pod-product-compliance
Lightning Source LLC
Chambersburg PA
CBHW060826250626
47162CB00005B/1964